# 自驾法兰西

姜琍敏 —— 著

中国文史出版社

**图书在版编目（CIP）数据**

自驾法兰西 / 姜琍敏著 . -- 北京：中国文史出版

社 , 2021.5

ISBN 978-7-5205-3070-5

Ⅰ . ①自… Ⅱ . ①姜… Ⅲ . ①散文集－中国－当代

Ⅳ . ① I267

中国版本图书馆 CIP 数据核字 (2021) 第 133468 号

责任编辑：金　硕　刘华夏

---

| 出版发行 | 中国文史出版社 |
|---|---|
| 社　　址 | 北京市海淀区西八里庄路 69 号院　邮编：100142 |
| 电　　话 | 010-81136606 81136602 81136603 81136605（发行部） |
| 传　　真 | 010-81136655 |
| 印　　装 | 阳谷毕升印务有限公司 |
| 经　　销 | 全国新华书店 |
| 开　　本 | 787 × 1092　1/16 |
| 印　　张 | 12.25 |
| 字　　数 | 120 千字 |
| 版　　次 | 2022 年 1 月北京第 1 版 |
| 印　　次 | 2022 年 1 月第 1 次印刷 |
| 定　　价 | 68.00 元 |

---

# 目 录

上　到外省去

## 下　回眸巴黎

上

到外省去

自驾法兰西

# 缘　起

我或与法国有缘。

当然，这是很久以后才意识到的。

首先，这与中法两国双边关系的大背景相关。

中法两国间有着源远流长的友好关系。新中国成立后，法国是西方国家阵营中第一个承认中国的。戴高乐将军这一历史性决策打开了中法关系的友谊之门。自那以后，无论是和风丽日还是冷雨疾风，中法友好的基调始终存在。

其次，也与我的成长经历及职业选择密不可分。

我是一个文学写作者，从小就喜爱读书，读古今中外之好书是我人生之必然，书与我的关系无疑是胚与胎的关系，是书造就了今天的我。

不算夸张地说，我此生读过的书车载斗量。对我同时代人产生巨大影响的作家我大都与他们神交过。而回顾起来，除了本土和俄苏作家，我读过最大量的文学作品，都出自法国作家。

事实上，法兰西这个国度产生过太多对人类社会影响深远的著名文学家和思想家，并且还具有全球第四多的世界历史文化遗产。远期不说，从17世纪至今，法国的文学就独步世界文坛，并不断刷新着自己的辉煌。就人均占比而言，法兰西的文学大家和文学名著，在全世界也首屈一指。他们如群星灿烂，中国读者熟悉的就有莫里哀、司汤达、巴尔扎克、大仲马、小仲马、维克多·雨果、福楼拜、卢梭、左拉、莫泊桑、罗曼·罗兰及至现当代的萨特、加缪、西蒙·波伏娃、普鲁斯特、昆德拉等许多文学巨匠。他们中的许多作家荣获诺贝尔文学奖，他们的许多作品成为世界文学不可磨灭的瑰宝，让我钦羡不已并深刻影响着我的文学审美与思维。大作家们笔下纷纭多彩的法兰西社会生活图景，令我从小就对这块神奇的土地及文学高地充满了景仰与向往。

但尽管如此，在改革开放之前乃至开放之初，我从来没有想象过自己会有踏上法兰西大地的一天。空间距离虽然远逾万里，但并非主要原因。众所周知的是：20世纪50年代出生的我们这代人，从小就把出国视为不亚于去西天取经的乌托邦大梦，压根儿不敢生此奢望。

万幸的是，我的中年赶上了好时候。中国发生了天翻地覆的变化，改革开放新时期从天而降；国门大开的隆隆声中，封闭惯了的中国人，几乎是一夜之间发现，"乌托邦"原来是可能成为现实的。中国人原来也可以走出封闭，走向现代化，走进精彩纷呈的梦幻世界！

而我，此生跨出国门的第一站，就是法国，就是世界名邦巴黎。

所以，我永远清晰地记得那个奇妙的日子，以及开天辟地头一回双脚踏上异国土地那一刻的奇特而难以言喻的感受。

那是新世纪降临前夕，1999年7月的一天。我作为单位访欧团一员，百感交集地从上海登机，恍兮惚兮地开启了梦幻之旅。

我说恍兮惚兮，实在是半点也不夸张的。出发前几天，我就夜夜不安于枕。始终难以确信，我这辈子还有出国的一天。更无法想象，曾在法兰西文学大家们笔下反复描摹和歌咏的异邦风情，即将被我揽入怀中。说真的，那时我不仅时常产生奇特感，也曾杞人忧天式地担心会发生什么变故，让我的渴望与期盼突然间化为泡影。

飞机盘旋下降的时候，我就双眼紧贴机窗，几乎一眨不眨地盯着下方越渐清晰、盘旋变大却让我感到失真的大地，和那苍茫大地上的大海、河流、田野、森林、繁华拥挤的楼群以及密如蛛网般的路网；恍惚迷离的感觉再一次升腾于心。以至双脚踏上巴黎戴高乐国际机场的停机坪时，我兴奋难抑，使劲地跺了两下脚，对同事说："你相信吗？你相信我们真的踏上了法国的土地吗？"

不亲历者，那一刻真难以想象，有朝一日我这个万里之外的异邦小子的双脚，竟真能稳稳立定于法兰西的土地上。或许这就是旅行的妙处，也即时空和历史的神性所在。我即刻便有了实实在在的穿越之感。而且，即便我此后越来越平常地、好多次地日益广泛深入地见识法国（乃至欧洲、美国、澳大利亚、俄罗斯等许多异国）时，我仍然不免会有一种或浓或淡的、奇异的、好久也回不过神来的感觉。时间似乎突然静止了，空间也抽象成薄薄的一片。现实和历史不由分说地一齐撞进胸怀，你真难免会有应接不暇甚至是庄周梦蝶之惑呢。

感觉我与法国有缘，还基于这样的现实——21 世纪以降，我又有两次公务游历法国（准确地说是巴黎）的机会。虽然和头一次一样，都是旅欧途经法国，毕竟也让我对这个国度有了更深的认知和感情。

更主要的一个因素是，那以后我的儿子、儿媳又双双读研于巴黎，并最终在巴黎就业，从此使我有了每年一两次较长时间赴法探亲的便利，更有了以巴黎为轴心，以自驾为形式，以一般难以涉足的小市镇、小农庄为目的地，并以观摩法国普通百姓日常生活为内容的特殊经历。那种长距离而自由自在地、深入而细致地了解法兰西全境人文、市井、乡镇特色的经历，显然是非常独特而别有吸引力的，更是一般旅游团囿于时间、费用等因素而难以组织和满足的。

自驾，使我的腿延长了。

自驾，使我的视野开阔了。

自驾，使我的心境摇曳多姿。

我的许多别开生面的感受，也就蠢蠢欲动地想要一吐为快，想要与国内的亲友及广大的读者朋友们分享自己的喜悦与见闻了。

于是便有了这本小书。

它将完全由我亲历亲见的第一手素材构成。包括配图，也都来自我和家人的相机和手机自拍。

愿我能成为您的腿、您的眼；成为传播法兰西首都与腹地那各具风采之自然、人文景观的"小蜜蜂"。

# 说走就走

之所以想到自驾去观览，首先因为我有时间，也大有兴致。退休了，儿子在法国就业，并有了一套自己的住宅。所以我想去时就可以去，想待多久就可以待多久。想到法国腹地乃至欧盟国家看看，以巴黎为轴心，也几乎是说走就走。

遗憾的是，这曾经只是理论上的。有个障碍是，我不会法语，英语也是睁眼瞎。所以开初我离了儿子儿媳几乎两眼一抹黑，哪儿也去不成。偶尔独自出门逛逛，采用的是一条道走到黑的"妙法"，即出门后先沿一边道一路向前，中间不拐弯；回来时再沿对面道一路直行回家。好在后来摸索会了即时翻译软件，平日里我独自逛逛巴黎便没有太大问题了（实际上 GPS 导航有中文版的，我要单独开车外出也不是没有可能）。而儿子

儿媳的假期不少，圣诞前后更有十多天的连续假。所以我在法国"外省"的几次远程自驾游，大都选在当年的圣诞前后。这个时间段我们看到的多为冬日景观，天气也比较寒冷。好在春秋天的花团锦簇，我们也曾自驾游览过，当真是"水光潋滟晴方好，山色空蒙雨亦奇"。任何地方，不同的时节自有其不同的美。而法国的冬天有时候会比我的家乡稍冷一些，但总体而言气温还是差不多的。所以这个时间段出游的好处还是主要的。何况，这是圣诞期间，我可以看到法国，尤其是那些游客罕至之地，一年中最为热闹别致的风情民俗。

当然，我们的每次出行，都会预先做好详尽的线路安排。都是从巴黎出发，再从不同的线路迂回到巴黎。我们曾先后在法兰西的东中部、中部和东南部画

了几个美丽的半圆形。而每次出行都不走回头路，便可以更多地游历和留宿不同的城市、村镇。当然，限于篇幅，要在此面面俱到描述所有见闻是困难的。所以我会择其精要而次第展现，而不拘泥于时间先后或某一次、某一程的经历。

想要自驾游的另一大原因就是，在法国租车和国内一样，也十分简便。你只要凭护照到专门的租车站点，或登录CPC租车网站，公司的私人的、豪华的普通的车辆应有尽有。价格以我们所租的雪铁龙C5为例，每天90欧元。如果是手动挡则50多欧元即可。这个价格相对于国内的人民币价格似乎不低，但相对法国物价水平和人均收入还不算贵。

我和儿子都会开车，我们可以轮换着驾驶。开车的资质问题也很好办，我把国内驾照做个公证，然后把复印件带着便可以了。而在数次自驾历程中，我从没遇到警察检查驾照的时候。公路上，城市的马路上，也很少看到交通警察。特别是，也许是法律和国情不同吧，相对国内凡路口、红绿灯处必有绵密的探头而言，法国的交通探头几乎让你感觉不到。不说高速公路上，就是大城市路口红绿灯或许多自助收费停车点，我的印象也大多没见到监控探头。当然，这不等于它就没有。

毫不矫情地说，看景不论，开车本身于我简直就是个赏心悦目的旅游过程。因为我可谓是个天生的驾车控。一个明证就是：我在上班期间，单位曾有辆可由我支配的公车。出长途时，我经常让司机到副驾位上打瞌睡，而自己来"操刀"。到退休时，我的驾龄已近十年。有空闲时，我也已经京、冀、鲁、豫、皖、浙等地自驾过多次长途了。

我喜欢自驾的内因，或许和儿时的兴趣有关。儿时尽管贫困，但我也有过一辆电池驱动的挖掘机和卡车玩具。因为玩具稀罕吧，它们曾让我反复把玩、如醉如痴。后来下放西山煤矿时，我虽然当的是人人羡慕的地面电工，但我自己最羡慕的工种却是运煤卡车司机；以至我经常会待在路边，痴痴看着那些卡车在崎岖的土路上颤颤巍巍却坚忍不拔前行的样子，内心升腾着力量与雄伟之感，仿佛那就是自己在勇往直前！

后来，车间里一位八级钳工师傅，敲敲打打组装了一台柴油机三轮小卡车。他准备试车时，我自告奋勇，简单听他说了下什么是刹车、什么是油门离合器之类，就在工友们的惊呼下，轰轰隆隆地开着它上路了，在狭窄起伏的环山公路上转了一个多小时后平安返回。而且沿途收获了大把当时还少见多怪的山民们的惊叹与喝彩，或许这也刺激了我对

驾驶的热爱吧？

当然，从心理上看，我喜爱驾驶，主要就在于那份掌握自我命运、纵情挥洒自我的感觉让我满足。而去国外，自驾还有个特别的好处，你不必受制于旅行社节奏，想走就走，想停就停。还能深入旅行社难以安排的线路，探访最原生态的乡俗，感受最具代表性的风情。

当然，有人会担忧自驾的风险。我的看法是，在家中高卧也可能猝死。何况森林里倒下几棵树，绝不等于茂密的大森林不复繁荣。虽然交通事故频发，但总体而言，开车的安全系数还是相当高的。你尽管敞开呼吸，自由享受其勃勃生机吧。当然，大胆而谨慎。

法国的交规和中国差不多，驾驶座也在左侧，因而我并无心理上或技术上的拘束感。而在我往返几轮上万公里行程中，从未有任何哪怕是小擦碰的麻烦。

法国的高速公路也限速，时速多为110公里，也有的公路可开到130公里。可能是他们的省道建得普遍早的原因吧，至今还有许多是双向单车道的。这种公路还有个鲜明特色：凡道路交汇处，几乎必修一个转盘。入转盘的车要让转盘内的先行。不能不说，法国司机的守法和礼让意识是比较强的。每逢要拐上横道时，哪怕百多米外有车来，大多数车辆也会早早停下，等它过后自己才拐弯。

　　法国的停车场也都设有残疾人专用车位，收费全部自助，还很少有摄像头，大有交不交悉听尊便的意思。有趣的是，自驾途中我没遇见一起交通事故。这无疑和司机素质有关。比如他们变道超车，一旦超过则迅速回到行车道，鲜有人长时间占着左侧超车道，更别说占用应急车道了。高速公路收费一是相对较少，二也是全自助，没见过一个员工。还有一点也让我有点小惊奇：大多数公路上看不见一块广告牌，显然是为了避免司机分心吧。而公路两旁也鲜见企业或厂房。法国工业是很发达的，而我在城市里面及外围也看不到几家工厂，它们都躲到哪去了呢？

　　公路上什么最常见呢？自然是美丽而辽阔的田野，和蓝天白云下间或涌现的大小村落。而许多普通公路两边，则是特别招眼的法国梧桐！那可不像我们城里修剪过的低矮法桐，很多都是胸径一人甚至两三人合抱的参天巨桐，威武的武士般整齐排列，持枪仗戈直插天际！

　　法国是农业强国。机械化使得广袤的农田阡联陌合，成了各式农机大显身手的画板。路两边极目都是开阔平整的

大块绿野，随地形起伏，广阔绵延；间
或点缀随处散卧的牛、羊、马。红黄蓝
绿又兼当空艳阳普照，望去真是触目皆
画，令人心旷神怡。

　　法国的农业补助力度很大，因而农
民特别重视土质和农田环境保护。土地
相对人口也较多吧，所以都是今年种这
块地，明年让其休耕种那块地，即农田
隔年轮休制。这样，土地肥力和环境因
之上佳，农作物的质量也就优异。那休
耕的土地也都精心犁耙、光整连片，如
一方方黑褐色的绒毡，镶嵌在绿原间，
望去别有一种美感。

　　公路沿途许多地方则杂花生树，林
带纵横，河流蜿蜒；断续涌现的一簇簇
红黄黑白的蘑菇般群聚一起的房舍间，
必有个高于一切建筑的尖顶教堂，这
便是村落或小镇。村镇周边常常会有
几匹静静立在夕阳下的马儿，几头懒
洋洋卧于溪边的奶牛；或者一小群一小
群的绵羊。狗儿则欢奔在宽广的麦田或
油菜地间，令我以为回到了呼伦贝尔大
草原。

　　是的，油菜地。这一点曾让我感觉
诧异。印象中法国人似乎吃的都是黄油
和橄榄油，所以总以为油菜是咱们国家

的特产。其实法国乡村不仅多有种植油菜的，有些地方还一年两度黄花似锦。

至于你行进在山区丘陵地带，则常见路边竖一块画着小鹿的标牌，提示这里有过路的动物，你要减速。而我们果真两次遇到横穿公路的梅花鹿，不慌不忙地跃入对面的树林，倒令我们激动得大呼小叫。

自驾的好处还体现出一种特别的自由，即途中我们经常会停下车来，或随兴拐进乡间小路，到某个不在计划中的小村小街里溜达一番。或者站在风景绝佳处，久久凝望神秘而辽阔的远方。

艳阳朗照时，笼罩着淡淡薄雾的田野上，还会呈现出分外深沉、温存而多情的意蕴。新翻耕出来的乌油油的土地，一球一球广泛散布于田野之间的、机械收割后压制成团的牧草垛，还会随风送来泥土和草叶青涩的气息。此时，间杂其中的灌木丛和小河、村落仿佛都在愉悦地沉吟着，望去令人沉醉而浮想联翩。

我想到的是艾青。他说"为什么我眼中常含泪水？因为我对这土地爱得深沉"。而眼前虽是异域的土地，但和我万里外的故土并无太多分别。目光触抚着她，我也会心潮起伏。因为土地是人类之母，她总会厚馈其子民。只要人类善待，任何土地都会还你以百倍的物产。因此，全人类不分南北，不分种族，无不本能地亲近大地，亲近田土和河流。且愿从此再没有战争等阴影遮蔽或玷污亲爱的母亲……

# 兰斯、梅兹和奶酪之乡、童话小镇

我们从巴黎出行，有一回的线路是经由兰斯市，入住梅兹市一家星级酒店，又到阿尔萨斯的蒙斯特小镇住了两个晚上，并就近游览了蒙斯特附近的"童话小镇"科尔玛。

这一段行程中，作为法国东北部重镇的兰斯，首先值得大书一笔。因为它在法国的历史上有着举足轻重的地位。

自中世纪起，历任法国国王除了拿破仑曾破过例外，都必到这个"加冕之都"来受冕登基。

公元498年圣诞节，圣雷米主教在兰斯主持了法兰克王国第一个国王克洛维的受洗仪式。此后这里成为历代国王加冕、证明法国王室合法权力的圣地，先后有25位国王在此加冕。

　　为纪念圣雷米主教为克洛维国王施洗，兰斯从 1211 年开始建造大教堂，30 年后落成。

　　和兰斯大教堂一起成为历代国王举行加冕仪式地方的，还有圣雷米教堂和圣雷米修道院。从 1991 年起，这三座建筑均被联合国教科文组织列为世界文化遗产。

　　兰斯大教堂和巴黎圣母院同属哥特式建筑，但其雄浑的建筑形态和建筑尺度都在巴黎圣母院之上。这些大教堂既是兰斯的标志性建筑，也是法国最美丽壮观的教堂之一。

　　兰斯圣母院自然也是美轮美奂。教堂建筑达到近乎完美的左右对称。正面有许多华丽的玫瑰窗，演奏音乐的天使则环绕在慈祥的圣母周围。玫瑰窗上方的众多雕像也是圣母院的一大特色。

而在这座教堂的一个角落里，有一座背后竖有军旗的圣女贞德的立像。位于教堂北方大门的微笑天使则被视为兰斯的象征，因此圣母院又名为天使大教堂。

了解点法国历史的人，应该都会知道圣女贞德的名字。那是发生在英法百年战争期间的一段尤其令兰斯人难以忘却的史实。它使法国历史上著名的爱国者圣女贞德的名字和这座历史名城紧紧联系在了一起。

15世纪20年代，在英法百年战争中，法国处于下风。法国国王查理六世去世之后，连法国国王的皇冠都被授予了英王亨利六世。

当此低潮之时，一位来自洛林的农村女孩贞德闪亮登场。据说，贞德受到天使景象启发，带领法军突破奥尔良人的包围，并于 1429 年在兰斯立法国王储为王。遗憾的是，后来她被英国人逮捕并在鲁昂被烧死。但是贞德不屈不挠的爱国心体现了人们逐渐提高的国家意识，她的事迹激励法国最终打赢了这场漫长的战争。

现在，兰斯有个"圣女贞德节"，每年人们都要装扮成各种各样中古时期法兰西人的形象，来纪念历史上这位不世出的英雄，缅怀自己的祖先。

在兰斯的城区边缘，一条并不宽阔的河流静静地流过。这条普通的河流有着一个并不普通的名字：马恩河。而历史上著名的马恩河会战，又名兰斯保卫战，就发生于此。它是第一次世界大战中的经典战役。协约国军队在马恩河畔转败为胜。交战双方先后投入 150 万兵力，伤亡人数在 30 万以上。

同样值得一提的是，法国作为世界最著名的葡萄酒生产国，其出产的香槟酒，也是人所共知的喜庆用酒。它那开瓶时的砰砰声，给世界各地的人们带来多少浪漫的欢愉与想象！

兰斯，正是法国香槟大区内最大的城市。

香槟大区年平均温度在 10 度左右，是法国位置最北的葡萄园区，低温使葡萄成熟较慢，也因此成为制造香槟酒的

最佳原料。香槟大区约有两万多葡萄农户及100多家香槟厂，每年出产约2亿瓶香槟酒，是香槟大区最大的产业。

不过，因为兰斯距离巴黎仅百来公里，出行当天我们并没有在此住宿。参观过主要景点后，我们便驱车入住附近城市梅兹的一家星级酒店。

梅兹不是我们行程的主要目的地，就不多介绍了。但是，作为法国洛林大区的首府，位于洛林地区北部摩泽尔（Moselle）省境内的梅兹，是法国的一个中等城市。美丽的摩泽尔河从市区横贯而过。

梅兹的街头巷尾，处处洋溢着法国人生活闲适、浪漫、从容和美好的特征。

对了，梅兹大学值得一提。她的主校园位于梅兹市中心，是法国最美丽舒适的大学校园之一。

在梅兹住了一夜后，第二天我们即前往此行目的地之一的阿尔萨斯的蒙斯特小镇。

我们在这里住了两个晚上，主要观览蒙斯特及附近的科尔玛小镇风情，并登上了附近的主要风景地雷岛。

之所以选中这两个小镇，主要在于它们各有鲜明的特色。蒙斯特号称奶酪之乡，而科尔玛则有童话小镇之誉。

　　既然有奶酪之乡的说法，想必蒙斯特的奶酪了得。但实在说，我不爱吃奶酪，所以没有太关心这点。有兴趣的读者，可上网看看。蒙斯特给我留下最深印象的，是我们入住的那家富有代表性的、古朴而有着浓浓温情的小旅馆，它扑面就给了我一种回到故乡家中的暖意。

　　令人印象特别深刻的一点，就是蒙斯特干净整洁的街巷中家家户户那被鲜花点缀而各具风采的窗景。

　　而干净整洁，这也是我到访的每一个小村镇的共同特色。你在巴黎街头感受到浓烈的浪漫气息及大都市的繁华之余，经常也会被触目的狗屎或偏街僻巷随处可见的烟头煞一回风景。但在这些小村镇上，我却几乎没有这种印象。那些小村镇的居民，似乎天性都爱清洁，尤爱鲜花。当然，这一点也是整个法国乃至欧洲的一大特色。只不过在蒙斯特，这一特色分外鲜明。

　　还有一点，蒙斯特安详温馨的夕阳也令人陶醉。记得我们在镇上小酒馆吃了一顿法国特色的"乱炖"（胡萝卜、洋葱等蔬菜配牛肉块）后，兴冲冲地到旅馆周边散步，欣赏那些安逸宁谧的民居和园景。

镇子外围的房屋大多是别墅式的，通常也都建在花园里。

　　花园有大有小，但无不缀满花叶。房子多是两三层小楼，前后两面各开有十来扇窗户，窗户上嵌着白色小玻璃。有些玻璃是新换的，在暮色中显得特别明亮。而旧玻璃则露出灰暗的斑点。不少人家还有围墙，把长方形或圆形的花园包围在了里面。

　　楼房前的草地很大很阴凉。特别是有一户人家的花园，大而且有一种"禅房花木深"的幽深感。它的周边被一条白色砂石小径环绕着，楼房前的墙壁则很低，能望见远处环绕花园的农场院子。与农场分界的，是按照当地习俗修建的山毛榉的林荫路。楼房背向的西面，花园在这里看起来更加宽阔。南墙角有一条被野花遮掩的小径，墙下的月桂树和其他的杂树厚厚地遮护着，使其免受夜风的侵蚀。沿北墙也有条小径，弯弯曲曲地伸进树丛里，便看不到踪影了。

　　我们顺着这两条小径走下几级台阶，就可以看到跟花园相接的菜园了。菜园里种着好几种我叫不出名来的蔬菜，但也认得出萝卜和卷心菜。菜园边上的那堵墙上，开着一扇暗门，外面有一片矮树林，左右两边的山毛榉林荫路，在矮树林那里交汇。站在西边的台阶上，我的目光越过矮树林，就可以看见不远处隐隐的山影。山坡上摇曳的庄稼是另一种风景。

　　再向天边望去时，可以看见远处有

一个所有法国村庄无论大小都会有的小教堂。它的标志无疑就是那高矮有差的尖顶。

教堂会定时响起悠扬的钟声。正是晚炊时分，黄昏的夜风里，有炊烟从人家的房顶上袅袅升起。在还较清朗的天光下，我们又信步走出花园的暗门，停在能够俯瞰田野的林荫路上。这时，袒露在我们视野里的小山逐渐有雾气弥漫，远处树林上空的天空却都被恋恋不愿下沉的夕阳染成了金红色。

这一幕令人怦然心动而若有所思起来。所以尽管暮色越渐深了，我们却还久久停留在花园外，舍不得离开……

不赘述了，还是让我以图说话，请您直观地看看那些小镇人家窗户的景饰吧——

至于被誉为童话小镇的科尔玛，实在说吧，注视着她，我首先生出的是一种无奈的感慨：在她面前，我的口、我的笔忽然都变得苍白笨拙，根本无法完全传达我对她的赞叹，更无法勾勒出她的美和她的风韵之万一。而我可以仰仗的照片，无疑也受限于手机摄像之平面和呆板的画面，而表现不出科尔玛那灵动而丰盈的神韵。所以我真心想说的是，有可能，您最好还是亲眼去科尔玛看看，谅必也会如我一样叹一声：不虚此行。

仅仅根据旅游手册来看，科尔玛的美景就多得让人有些目不暇接。她虽然是法国东北部阿尔萨斯的一个小镇，却也是上莱茵省的首府，又位于莱茵河支流伊尔河以西，孚日山以东，所处地位相当优越。

科尔玛的主要亮点还在于：她作为葡萄酒王国法国的一个小镇，其葡萄酒的品质与波尔多等地相比也是不遑多让的。因而科尔玛不仅是阿尔萨斯地区的葡萄酒中心，更是法国干白葡萄酒的主要产区。

再者，法国赠送给美国的、享誉世界的自由女神像，其创作者巴特尔迪的故乡，正是科尔玛。巴特尔迪以其爱妻为模特，创作出自由女神像，使其成为自由民主的象征。

还有，人们耳熟能详的法国作家都德的《最后一课》故事的发生地，也在科尔玛。而日本宫崎骏拍摄的动画片《哈尔的移动城堡》，原型、背景就是科尔玛小镇。

当然，能被誉为童话小镇，科尔玛那梦幻般独特、让人恍然如入童话之中的浪漫风韵，无疑才是其最出彩之处。

而这番独特的风情，是有其地理与历史原因的。因为科尔玛是在法德两国之间反复争夺，易手达17次之多，最后才归属法国的，所以她长期受到法德两种文化的熏陶，既有法国的容貌，又有德国的骨架，是一种别处难得一见的严谨与浪漫相结合的别样风情。

科尔玛境内河流纵横，镇中也是"人家尽枕河"的格局，故素来又有"法国的威尼斯"之称。而科尔玛河边的"人家"，可不是一般的建筑，它们是大多保留着16世纪德国建筑风格的"木筋屋"。

所谓木筋屋，就是由木材搭建多面体屋顶，墙面都镶以或黑或红、或黄或蓝白相间色彩鲜艳的"木筋"，看上去就是童话世界或像是五彩积木搭建的房屋。想想吧，这样一栋栋皆具个性品位的木屋，挤挤挨挨、相映成趣在碧水清流两岸；你乘一只画舫般的平底小船在河上荡漾，悠悠穿行过一座座色彩缤纷、格调非凡的小桥，幽长的水巷中一片静谧，偶尔还有小鱼在水中跳起落下，野鸭和水鸟在水边草丛中自由自在地出没；那种人在景中行，景在两岸走的感觉，究竟是一种什么样的奇异感受呢？

无怪科尔玛不但被评为法国六大最美小镇之一，还入选了世界十大魅力小镇。

科尔玛，请接受我的赞美。虽然你并不需要了，但我会永远记得你那雷诺阿画布上色彩明艳的图画一样的景致，灿烂的阳光、斑驳的树影、多姿多彩的河流和人们脸上动人的笑容所构成的温情、美丽的童话般的世界。

# 未见面的女房东

惜别科尔玛，我们抖擞精神继续前行。前方遥遥向我们招手的，就是久负盛名的舍农索城堡。

舍农索城堡之所以著名，就在于她有着许多非凡的故事。那至今人去楼不空的老屋里面，住着的是充满神性的历史老人。

这舍农索城堡原本是王后的宫殿。它位于法国里昂布瓦斯以南，依势横跨在谢尔河上，与河流、园林和绿树构成了一幅非常自然和谐的风景画。

舍农索城堡自 1535 年后就属于王室领地。1589 年 11 月 1 日，最后一任太后凯瑟琳病死前，她将多达 40 万埃居的遗产，馈赠给了她的女仆们——注意，是女仆，而非王室亲贵们。

她为什么要这么做？是因为她与女仆们的感情太深？从人性和阶级地位来看，这似乎不太具有说服力。

抑或是她与王室亲贵们有着什么不为人知的恩怨情仇？我比较相信这个结论。但缺乏足够的证据，因而也只能存疑。

但不管原因何在，我所确知的是：从那以后，这座煌煌王城，就像我们的圆明园一样，经受了时代风云的无情洗礼。尤其是法国大革命之后，失去权贵主人的舍农索城堡中的大量奇珍异宝不断流入黑市。

尽管如此，从我今天所见来看，舍农索城堡依旧比我想象的更华美瑰丽。那坚固雄伟的古堡建筑风采依旧。庞大奢侈的花园中，还设有 12 块占地各逾 1 公顷的菜地；菜地周边种植着大片苹果树，和 100 多种不同的花木。

　　城堡横跨在清冽的谢尔河上，两岸
粗壮的参天古树把它们伟岸的身姿投映
在河面上。小风吹拂时，天光云影和古
树的英姿，都在水面上扭动、起舞，变
幻出奇异的令人不知是该感动还是喟叹
的神秘图形。

　　舍农索城堡的另一大特色是：在几
百年的漫长岁月中，这城堡的主人一直
为女性，里面先后住过五位王后。所以
人们一直将这座内外都充斥着脂粉味的
雄伟建筑称为贵妇人城堡。

　　我们参观的时候正值午后，热烈的

阳光点燃了静静的谢尔河面，一座二层楼高的五孔廊桥横跨河上，和城堡浑然连成一体。徜徉廊桥，赏心悦目。历代女主人将其装扮成60米长的画廊。她们和各色宾朋在这里夜夜笙歌，疯狂派对。实际上，舍农索城堡宛如横在谢尔河上的一艘船，典雅、精致、浪漫，并富有贵族气息。所以，如今法国很多年轻人仍会将婚礼放在这里举行。

和法国众多其他令人叹为观止的城堡一样，舍农索内外精美的建筑都是历经漫长的岁月，在不断修建、不断完善中成就的，它的美集聚了历代建筑设计师的智慧。其创建者波耶夫妇在城堡的大门左右分别刻下了他们家族的徽章。波耶夫妇还在卫兵室留下自己的铭言："如果我建成了舍农索城堡，人们将永远记住我。"

的确，尽管后来城堡几经易手，在新的主人手中不断扩建，增加内容和面积，但人们永远不会忘记波耶夫妇的功绩。后来当卡特琳王后入主城堡后，更使城堡内充满了艺术气息。如里面珍藏的大仲马的名作《玛戈皇后》，主人公的母亲就是卡特琳。

城堡内的装饰无疑是极尽华丽的。挂毯、油画、家具无不仍在今天的游客眼前熠熠生辉。曾经的女主人们的画像，也一如生前那样静静地注视着络绎前来

的游客，似乎她们仍然居住在此，从没有离开过。

至于那带有高大华盖的床、镶金饰银的桌柜和那满屋子的奢华，都在述说着女主人们的喜好。给我印象深刻的还有一幅绣有骷髅头与骨头交叉图像的挂毯，那是寡妇路易斯的所爱。我们现在也可以感受到她那身穿黑衣幽灵般怨妇的存在。

不过，参观王后们的寝宫，免不了又勾起我最初参观北京故宫时的一个喟叹，或者说，是一个阿Q式的感想：如果今天让我去做当年的皇帝或皇后，不矫情地说，我会谢绝的。别的不说，仅仅紫禁城内皇帝的盘龙宝座根本就硬而土气，何如我家的沙发来得舒适？帝王们的寝宫也昏暗而阴森，所谓龙床也远逊于席梦思；且无论中外帝王的寝宫内，都由于时代的局限而不见空调，更无电视或电脑，甚至没有电灯！那真命天子的生活就这么个水准？

而舍农索城堡里王后的眠床，看上去才那么一点大，睡上去恐怕我的脚会伸出锦被来的。

当然，帝王们位极人臣、权倾天下，后宫还有三千佳丽。但一想到那老儿其实也是天下最不自由的一个，心又凉了半截：衣食住行不由己也就罢了，连每天"幸"了哪位或幸了多少时间，都要一一被人录于起居注上，这样的日子哪一点赶得上自由自在的我快活？

至于舍农索城堡内王后们的生活，自然也豪华无双，奢靡无度。设若与我的财产和物质享受相比，只能是大海与浪花之比，悬殊何止以道里计。然而悬殊过了一定限度，实际上也就不存在了。若从个人对于人生的满足度或曰幸福感来看，我更觉得，我和这些王公贵胄之间未必存在太大的差距。他们虽拥有无穷财富，却只有一个屁股一个身子，充其量一次只能坐一把龙椅，睡一张龙床。多出来的，实际上只能是名义财产。这当然也能带来心理满足，然而这种满足未必有多强烈持久。如同一个拥有满柜书籍的人，书架上的书对外人或许还是一份值得羡慕的诱惑，对他则已不如上一本新书刺激了。而一个意外获得 10 元钱的乞丐和一个一下子赚进 10 万元的大老板，获得的实为同样一种满足。就喜悦程度而言，说不定那乞丐还更为强烈，因为那是出于他期望之外的。

人世间"一瓢饮足矣"的人是不多的，但不存奢望的人也是不少的。这样的人和一个富极（能富极者往往是不知足者）的人相比，后者的人生痛苦说不定还要多一些。那么，悬殊何在呢？

不阿Q了，再说点别的感慨吧。

舍农索城堡里的所有房间都铺设有高档瓷砖，每一个房间都有可以看见谢尔河的窗户，但流连于城堡内外，我总不免暗暗狐疑。都说建筑是立体的诗，是凝固的艺术，是历史的坐标，是审美的客体，这么说自然都不错，但也不能忘了，建筑根本上还是一座座供人住为人用的房子。所以在艺术细胞不那么发达的我眼里，建筑最实在的定义就是，它是人类需求的产物，又是人生不可或缺的温床。从这个意义上说，森严肃穆的紫禁城、舍农索城堡与流浪汉栖身的桥洞本质上是一回事。然而，为什么总有人痴迷于远超于自己需求的奢华建筑和一切物质，而浑然不管岁月的侵蚀和社会的翻覆？比如舍农索的历任女主们，而今安在？她们当年住在这么宏大的城堡中，内心真是安逸满足的吗？也许是吧。法国国王路易十五不就曾说过"我死以后，哪管它洪水滔天"？

当然，舍农索城堡作为历代王后的"墓地"，注定了要在史册上保有它显赫的地位。这又是建筑的一大特性了：通常它总能比人或王朝长寿。而今的舍农索，王后不知何处去，游人依旧笑春风。想来真是耐人寻味。

罢了，思古之幽情，多说也无益。不如继续我们的行程吧。

我们计划中的另一重镇拉罗谢尔市，虽然离巴黎已有 450 公里之遥，但距舍农索城堡并不太远。所以我们离开舍农索城堡后，又在卢瓦尔省一个家庭旅馆，和拉罗谢尔市一个私人出租公寓各住了两三晚。所遇尽是特色鲜明之地。但印象最深的却是拉罗谢尔出租公寓的那位女房东——虽然我们在她家住了两晚，却始终没与她见过面。这是怎么回事，且容我一一道来。

拉罗谢尔也有点年代了。她在1023年已成为城市。历史上曾是法国最重要的港口之一，现在仍为法国大西洋沿岸的重要渔港和商港。法国的沿海地带一般都多平原，农业十分发达。优越的环境和气候使得拉罗谢尔成为法国非常宜居的城市之一，同样也是法国最早种植葡萄并酿制葡萄酒的重要产地之一。这里酿造的白兰地除了自用，基本上都提前一年被酒商们预订掉了，所以知道拉罗谢尔白兰地的外国人并不太多。

既然是海滨城市，那么，有水的地方就一定有灵性。所以拉罗谢尔这个10万人口的城市，也就少了许多大城市的繁喧和拥挤。她终日沉浸在大西洋上的清风里，一年里有许多蓝天白云、海滩风帆的好光景。游人一到这里，顿时便有卸下疲惫完全放松身心的感觉。

可以说，拉罗谢尔是一个很适合游人放慢脚步、用心体验的城市。

作为一个旅游城市，这里每年都吸引着400多万来自世界各地的游客。因为它兼具美景与历史，既有旖旎的自然风光，也有美不胜收的海洋世界，而且没有浓厚的商业气息，相当完好地存留着法国海边城市的纯净魅力。

拉罗谢尔市最出名的人工建筑，便是她那"标志三塔"。

这三个远远地就勾住游人眼球的高塔，都建于14、15世纪。其间虽然经历过战争，但都在围攻和炮火的侵袭下幸存了下来。

三塔之一名叫圣尼古拉塔，是个标志性的军事建筑，也是拉罗谢尔力量和财富的象征。

三塔之二名叫锁链塔。作为拉罗谢尔老港的入口，锁链塔监督着往来船只的行踪，保障着港口的交通。

三塔之三则被称为灯笼塔，是大西洋海岸最后一座中世纪的灯塔。它也曾被用作监狱，高达70米，是一个八角尖顶的哥特式建筑。历史上这里主要关押过英国、荷兰、西班牙的海盗、军事犯人和宗教犯人。塔内至今还有当年那些无所事事的囚犯在墙上留下的600多处涂鸦。

看着这些"杰作"，我有一种面对着远古先人的感觉。先人中的"画家"们，都是些无名氏，他们在深山岩洞中，用带色彩的矿石绘下自己狩猎采集的生动画面，当然不仅仅是闲得无聊，应该也有向世人传递自己生存状态、抒发自己

对后辈子孙心声的意愿在吧？这一点，从今人在有的古老岩壁上发现大小不一的先人手印便可清楚感知到。那么，灯笼塔内囚徒们林林总总的涂鸦，又是想向我们传递什么样的信息呢？我不得而知，但心头却有被谁轻轻触抚的感觉，不禁浮想联翩……

拉罗谢尔海事博物馆建于一艘巨轮上。可能是今天我们能见到的唯一一座别具一格的海事博物馆了。而名列法国第一的拉罗谢尔水族馆也名不虚传，很

值得一看。在这里，你会忘记时间的流动，不由自主地屏气凝神，享受一场海洋与光影的盛宴。

水族馆的布景和设计独特又美丽。总数超过12000种的海洋动物，满足了人们近距离观看海洋生物的愿望。位于大西洋海岸的拉罗谢尔，自然拥有得天独厚的条件。水族馆内缤纷的色彩，和谐的氛围，令人惊讶于热带海域生物的多样性，也由衷感叹大自然赋予这个世界多少美好的事物。拉罗谢尔是我们既定

的目的地，我们将在这里住两个晚上。

　　这次我们不住旅馆，而是住在一户私人招租的公寓里，以体验寻常人家的生活韵味。准确地说，这是一户有人承租就出租，没人承租就自住的人家，等于我们到这户人家做客去了。

　　说到这里，请容我先给互联网点个赞：这个时代真是太发达太有趣了，互联网对世事人生魔幻式地促进与重塑，真是太伟大也太奇妙了——我们从办理租赁公寓手续，一直到进入这个私人公寓住两天后退租离开，都没有和房东见过一面。网上订房，网上转账，中间有事通过网络或电话联系，然后就一切OK！

　　租赁手续是在巴黎就通过网络办好了的。当我们自驾进入拉罗谢尔市区的时候，正是中午。儿子给房东去了通电话。我听不懂法语，只听见儿子手机中传来的是一个嗓音清脆热情的女声。

　　电话结束后，儿子设定导航，我们很快驶入一条路两边长满法国梧桐行道树的马路。这里相当安静，路边连续闪过好几幢 10 层左右的公寓楼。这在法国一般城市中是比较少见的。

儿子按动密码，带我们进入其中一幢建筑风格相当现代的公寓楼内。这楼盘一看就质量不低，也相当新。电梯间乌亮闪光，公共过道则全都铺着长条木地板。颇觉有趣的是，儿子没敲门，也不按铃，而是在五楼一户人家门前的地毯下摸出一把房东事先留下的钥匙，我们便顺利进了屋。屋里也非想象的那种简易装修的出租房，而是一应俱全、随住的现成人家。

生平头一次进入一个外国市民的家，我心里多少有些好奇。这是一套按我们习惯应称为中户的公寓，但感觉比一般中户要大些。室内有两间卧室，都在十五六平方米的样子。宽敞的客厅和厨房联通，大约有 30 平方米。卫生间和法国其他地方一样，也是沐浴间和马桶间分开的。至于家具，可谓一应俱全。

我四下打量，随手拉开大卧室里的几口立地大衣柜，但见里面都挂着满满当当的衣服杂物。这才意识到，这不是

专门的出租屋。也就是说，没人租住时，女房东一家还是自住在这里。

这感觉颇为新鲜，也不禁让我揣测起女房东的心理来。设若是我，是不舍得把自己的家毫不设防地开放给陌生人的，而她就这么信任房客，不怕他们弄脏或搞坏自己的住家吗？显然她另有住处，但那住处或许很小，出租那里没有这里收到的租金高。或者，她是暂时住回娘家了……

不仅大衣柜、壁橱，这家人的每个房间包括卫生间、过道里都可谓满满当当。当然，满而不乱。如走道里沿墙也打着好几口立柜，下层整齐码着大大小小的鞋子，中上层挤满碟片、小摆设和坛坛罐罐。显然也考虑到亚洲人承租的需要，厨房里油盐酱醋瓶靠墙排开十来个；锅碗瓢盆、刀叉碗碟还有十几双筷子，塞满了上下8个大柜子，里面甚至还备着一大块生姜。

最有意思的是，她家客厅的一角和国人的习惯一样，摆放着一圈长沙发，另一角则是带水池和饭桌的厨房。我住在显然是房东女儿的房间里，这儿空间不大，约在12个平方米吧。但凡有空墙处，几乎都贴满一个女孩儿充满稚气却有不凡神采的彩笔画，以及她的各种照片。照片大多是这个估摸五六岁的小女孩穿着芭蕾服或校服的形象。

　　除了有点羞涩地默然着就是含蓄地微笑着的小女孩，未免显得有几分超出她年龄的老成相，几乎没一张照片是咧嘴畅笑的。莫非她母亲就是个内敛的人？她床尾放着两个大大的柳条筐，里面冒着尖地堆满各种显然早已不玩的旧玩具。沿墙空地直到天花板上方，还一排排码满大大小小的玩具盒。我打开看，里面竟大多是空的。其余地方则像保龄球柱一样，竖着一长溜五彩的饮料瓶，拧开看，个个也都是空的！

　　这是女孩自己的习惯吧？她为什么会有这种惜物的习惯呢？我揣摩不透。

　　客厅的大冰箱上也透出小女孩的气息。因为两壁密集的冰箱贴，几乎都是各种卡通和玩偶。只是，冰箱门上还粘有好几张笔迹不一的大小纸条，细看是以前租客们留下的。上面各种文字都有，大多是外文。儿子翻译说，上面写着的都是对女房东"热情周到、设施齐全、环境舒适"的感谢。

我相信这些赞誉都是真心的。因为虽未谋面，但女房东却让你时时感觉到她的贴心。她每天要来一两个电话，问我们有没有不便或问题；不厌其烦地告诉我们哪里停车方便、哪里购物实惠、哪里值得去看看；电磁炉、咖啡机、烘干机怎么使用；冰箱里备着的牛奶、果汁和鸡蛋尽管取用，不另算钱云云，一说就是十来分钟……

感觉我们进入了不设防的城堡。屋里的点点滴滴，都像是女房东隐约的心迹。我揣摩这是个热诚、能干却多少缺失某种情感甚或安全感的人。因为我从满屋不见一件男士衣物推测出，这应是一个单亲家庭。这么看的话，她那可爱的女儿为什么多少有些不舒展，她们为何连空瓶空盒也爱收着，或许下意识想填充些什么。

而且，女房东的经济方面恐怕也有些吃力，否则，谁愿将自己住着的房屋出租给天南海北的陌生人？

临走时，正对门处的墙壁上，那张半人多高的大幅照片再一次引起我的

注意。实际上我一进这个家时就注意到它了。这是一幅很有些意味的照片。画面上那个身穿米黄色长风衣，一手提个皮箱，一手拎着好几个马甲袋的年轻女子，正侧仰着脸，倔强地望向远方。天边的风把她头发吹得那么蓬乱，那么沧桑——这不是女房东自况，至少也是她钟情的意象。不然，她不会把这么一幅作品挂在如此显眼、进门出门都会看到的地方吧？

她是想以此勉励自己吗？或者，这竟是她自己的照片？细看，大照片是印刷的。但我希望这真是她。至少，我愿意这样想。

# 波尔多、布莱依与卡尔卡松

"葡萄美酒夜光杯"——

驱驰多日，是时候该小憩一会儿了，碰个杯，喝上几口美酒。那么，最理想的憩息地（不如说是流连处），无疑便是行前便最让我向往的波尔多市了。

而说到波尔多，自然应该先来几帧这举世闻名的葡萄酒之乡的图片：

　　具体而言，波尔多其实并不需要我多介绍。喜好几口杯中物的，谁个不知波尔多，谁又不夸波尔多？

　　那么，除了一瓶瓶标注"Bordeaux"的美酒，我们还能聊些什么呢？其实，在一瓶瓶来自波尔多的葡萄酒的背后，凝结着波尔多地区酝酿和培养葡萄酒文化的悠久历史。美妙多姿的波尔多葡萄酒是波尔多这块土地的化身，葡萄酒则当之无愧就是波尔多的一张王牌。

　　波尔多地区，有多达13000个种植者（酒庄或葡萄园，约占整个法国的1/10），经营着113000公顷的葡萄园（约占全法葡萄种植面积的1/8），分为57个独

立的 AOC（原产地监控命名）区。每年
出产 8.5 亿瓶葡萄酒，全部为 AOC 酒，
占全法国同类酒产量的 1/4。据说，如果
把这些瓶子排队，就可以从地球排到月
球。所以，当我们说起波尔多，即使是
普通人也多半会随口说来：左岸、右岸、
5 大名庄、61 列级等等，滔滔不绝。有
人甚至曾开玩笑说，在波尔多，只要有
片巴掌大的地儿，搭起个茅草屋，那就
是一家酒庄。比喻显然夸张，但波尔多
的另外一句名言——酒是酿造师的孩子，
则是一点儿也不夸张。因为那意思是说，
有了优秀的酿造师，才能创造出高质量
的美酒。

波尔多高品质的葡萄酒就源于它漫长而细致的酿造方式：葡萄汁在发酵过程中，浸皮的时间控制着葡萄酒清澈动人的颜色，以及酒中单宁的含量。发酵完成后，需要将沉于发酵槽底的酒渣抽取出来，这是一段缓慢而耐心的过程。接下来是选出品质最好的酒，同时将不同品种的葡萄酒以完美的比例结合。这样不但可以提升酒的品质，还可以保留下不同品种葡萄的风味，从而结合出更为独特美妙的口味。

经过几个月或更长的时间，葡萄酒从橡木桶中装瓶封盖。此时的红葡萄酒依然具有生命力，它们透过软木塞缓缓地呼吸，继续发生着奇妙的变化，渐渐达到成熟。因此，波尔多葡萄酒大多适宜长期保存，上佳的美酒需要十几年甚至几十年时间才能成熟。

据说，波尔多的记忆从一首诗开始：

该死的挑水人，
迷人的天神把我的酒桶装饱；
难道你想要向他开战？
闪开！别靠近我……

每年的3月到10月是波尔多的最佳旅行期，但这时候拜访酒庄一定要提前预约。所有的惊喜都发生在推开一家家城堡、庄园的大门之后，那些充满历史感的空间，那些正在灌装的现场，那些被艺术化的状况。当然，每一位酒庄主人迎接来宾的饮料从来都是酒。

孟德斯鸠像

蒙田像

但是，也别忘了，波尔多首先是一座城市。它是阿基坦—普瓦图—夏朗特—利穆赞大区的首府，同时也是吉伦特省的省会和法国第四大城市，可谓一座重镇。所以，作为法国西南部重要工商业城市的波尔多，也是这一地区的政治、经济、文化、交通和教育中心。

同时，波尔多还是欧洲的军事、航空研究与制造中心，法国战略核弹研究和物理实验的核心，拥有原子能研究中心和兆焦激光计划等许多高端技术机构。

波尔多地区的旅游资源同样十分丰富，有许多风景优美、保存完好的中世纪城堡。无怪维克多·雨果曾盛赞它："是一所奇特的城市，原始的，也许还是独特的，把凡尔赛和安特卫普两个城市融合在一起，您就得到了波尔多。"

波尔多得天独厚处就在于，它处于典型的温带海洋性气候区，全年温暖湿润，有着最适合葡萄生长的气候。常年阳光眷顾，让波尔多形成了大片的葡萄庄园。波尔多因此也被称为世界葡萄酒中心，每两年一度，波尔多葡萄酒协会都会举办盛大的国际酒展。

与此同时，波尔多也是一个历史和艺术的城市，有着法国最大的历史艺术保护区（150公顷）。而为了保护这里，波尔多在兴建有轨电车时特别采用了地面供电系统。

2007年6月28日，波尔多市被联合国教科文组织评为世界文化遗产。

顺便说一下，波尔多也是法国大革命时期吉伦特派的发祥地，以及孟德斯鸠、蒙田等举世闻名的杰出人物之故乡。

当然，说到世界文化遗产，也不可遗漏同样入选该名录的波尔多之布莱依要塞以及整个欧洲现存的最大、保存最完整的城堡——卡尔卡松城堡。虽然它们不在同一个地区，但作为我们都曾亲临过的著名要塞，为叙述方便，请容我将它们一齐介绍于兹。

布莱依位于波尔多吉伦特河右岸。夕阳笼罩之时，这座静谧小城远远地就给人以浓浓的古风。而且现在的布莱依古堡遗址，已无法让人联想到当年的烽火硝烟。如今的它，更像是一位阅尽人间沧桑的老贵族，与世无争地迎候着从世界各地涌来的游客。至于它的历史，它的昔日风采，你自己去慢慢欣赏就是。

当然，作为介绍者，我应该先转述一下布莱依的史迹。

布莱依是一座军事防御要塞。其城堡是17世纪法国著名军事家、政治家、建筑家及军事工程师沃邦的作品之一，也是欧洲版图中最重要的军事基地。

2008年，沃邦的300多处建筑作品中的12处建筑，被联合国教科文组织世界遗产委员会一齐列入世界遗产名录。

这12座法国边境星形军事防御城堡皆由沃邦设计，至今仍然具有重要军事研究价值。令人叹为观止的是，沃邦一生中设计的多达330多座军事防御工事城堡没有一处是雷同的。其用意一是避免被敌方知晓军队实力及防御战略，二也是体现出他天赋独具而不同寻常的建筑理念。

沃邦还有一个突出的特点，即他几乎从不在平地上筑造防御基地，一般都选择旧的城堡改建。

今天，当我们行走在法国各地，会很容易就遇见沃邦的作品。

沃邦像

沃邦不仅仅是军事防御工事建筑家，更是英勇善战的军事家、法国元帅。特别有意思的是，擅长建筑防御工事的他，在指挥作战中却又以善于攻城闻名。据说，当年每次沃邦指挥攻城战役，都会有庞大的参观团来亲临观战。其中竟还会以法王路易十四为团长，带领着一大帮子贵族家眷以及仆从，在军营外另筑一营地。以观战为娱乐，不可谓不是一种举世罕见的奢华消遣。

至于卡尔卡松城堡，其恢宏壮观的气势亦可谓独步天下——它是欧洲现存的最大、保存最完整的城堡，是大约一千年的城堡建筑成就的集成。

它那黑灰色的城墙、高耸的塔楼，都凸显了这座古堡的庄重与神秘。当你越过吊桥，进入波尼斯门内，踏上那千年前铺就的石块路，顿时便有了穿越之感。石路两边古色古香的房舍上，也都挂着其原始面貌的图片，抚今追昔，供人凭吊。

卡尔卡松城堡西南边，还森然立着巍峨的圣纳赛尔教堂。这座竣工于1260年的哥特式大教堂外观轻盈，内部可见中世纪浪漫风格的中殿、哥特式的半圆形后堂与13—14世纪的彩绘玻璃窗。身为法国国宝的最古老管风琴，就珍藏在教堂中殿。通往教堂顶端的石级，则是俯瞰卡尔卡松全貌的绝妙之处。

许多世纪以来，卡尔卡松城堡一直就这么静静地、几乎要让人误以为与世无争地矗立在山丘之上，莫测高深地俯瞰着奥德河两岸的城市，随着历史不断变迁，仿佛在以不变应万变向世人昭示着它深藏于心的神秘哲理。

而现实历史中的卡尔卡松城堡实际上从来就不缄默。当我久久遥望城堡，那尖尖的圆顶又仿佛是童话故事中女巫的帽子，在迷离的轻烟中若隐若现，我耳畔竟奇怪地响起了中世纪发生的多场战争的金戈铁马之声。

卡尔卡松也非一蹴而就的。它历经罗马帝国、哥特人、阿拉伯人、十字军、法兰克王国等更迭，不断修建，到13世纪末才由法王菲利普修建而成了我们今天所看到的模样。

所以，这座非凡的古堡拥有内层与外层双层城墙。内层是罗马式的，外层则是哥特式的。内外各有26座箭楼，共计52座，与高大厚实的城墙一起，坐落在50米高的山丘之上，组成一道密不透风的防御网，易守难攻。

而这由近2米厚的哥特式城墙屏护着的，是由教堂、广场、市集、核心城堡及房屋街道共同围建起的庞大的内城。这样的结构使得城堡内即使发生长期战争，也完全可以自给自足。事实上卡尔卡松就曾经历过多次兵临城下、长期围

普罗斯佩·梅里美像

困的考验。结果往往是敌兵师老粮尽而不得不铩羽而归。

自从1997年卡尔卡松被列为世界文化遗产后,这座只有4万人口的小城,每年要接待300万以上的游客。这些趋之若鹜的游客,打破了小城的宁静,也给这座古堡增添了活力。虽然散发着沧桑气息的古城墙与现代时尚的游客们显得有些不相协调,但城内外人的生活依然不改宁静的本色。所以,世界文豪梅里美也曾在其散文中深情讴歌过这个天造地设的地方:卡尔卡松……

梅里美的代表作是我们熟悉的《卡门》。

他曾是法国文化部国家历史遗迹总管和宗教艺术与建筑委员会成员,在保护、修复法国历史遗迹与保存法国古代文物方面做出了突出的贡献。

他在游历时发现了卡尔卡松,因此写下了发自深心的散文《法国的南方》:"壁垒,塔楼,棱堡,城垛,碉楼,还有成片的葡萄园,舒缓的河流和荫翳的道路。真是奇异无比,浪漫到家了……"

正是他,让更多的人了解了卡尔卡松,并积极推动了城堡的保护和修复工作。

# 永不落日的玫瑰城

——上面这组图很美吧？

这就是号称"永不落日的玫瑰城"的图卢兹。

之所以称它"永不落日",之所以称它"玫瑰城",是因为看它一眼就给人以鲜明而特别的印象——整个城市从早到晚永远闪烁着动人的玫瑰色。这就是这个城市的最大特点,许多建筑依旧保持着古老的风貌,由当地烧制的淡粉色红砖块堆砌而成。粉红色的砖块,代表着这座城市的历史,也象征着慢节奏下蕴藏着的活力,同时还诉说着这座安静的城市对文化的传承。

因而,无论当地居民,还是终年络绎不绝的游客,都会以满是欣赏的口吻称赞图卢兹:

"黎明时它是玫瑰色的,正午时它是淡紫色的,黄昏时它是红色的。"

许多当地人还会自豪满满地对游客说:"你要发现图卢兹之美,就必须做出一点牺牲:早起晚睡。"那意思显然是说:图卢兹的晚上也是别具风情的。

果然,当我们漫步在图卢兹的夜色中时,在街灯的照射下,那些映入眼帘的玫瑰红色的砖石建筑无不闪烁着迷离的传统之美。这些红砖建筑多数并不高,一般都在四到五层,但从颇为精致的屋顶来看,几百年前这些建筑的主人可能并非普通人家。正因为年代久远,图卢兹老城区的街道普遍狭窄,不少街道只能勉强够两辆小汽车擦肩而过,而这恰恰又给人一种异样的有些神秘的感觉。

而且,这美丽的老城区街巷纵横交错,就像一张渔网。每当清晨,街角咖啡店里总是坐着一些不紧不慢喝着咖啡、吃着早点的人,这恰是图卢兹安静、闲适生活的代表性符号。

当然,图卢兹还有一个特色,就是这里是法国的左派之乡,且居民中阿拉伯人占比很高。

图卢兹位于法国拉泰拉勒—加龙运河和南运河的汇合处。2000多年前就已成城。现在是南部比利牛斯大区及上加龙省的首府。自古以来,由于处在南北交通要道上,图卢兹自然成为战略要地,同时也是地中海和阿基坦盆地之间的贸易中心。

历史上,图卢兹也曾经是沃尔卡埃泰克托萨热斯的要塞。它在罗马时期,城市就得到很大发展,当时名为托洛萨,后来成为加洛林王朝的主要城镇。公元778年后成为图卢兹封建伯爵领地的首府。图卢兹因此而得名。到了13世纪极盛时期,图卢兹伯爵已经将他的领地扩展到地中海海岸,但他们没能长期保住这一大片领地。

19世纪后,图卢兹随着铁路的兴建扩展了商业,工业更是迅猛腾飞。尤其是航空航天工业得到惊人的发展,成为当下图卢兹最大的热点,包括研究、试验、专家培训和飞行器制造。快帆式喷

气式飞机、协和式客机、空中客车和军用构件等产业链，让整个世界无不刮目相看，被视为"欧洲宇航之都"。

但是，图卢兹的发展并不是偶然的，而是有着坚实的文理传统基础，法国有一句流传了近千年的民间谚语："玩在巴黎，学在图卢兹。"早在13世纪初，图卢兹就有了一些宗教建筑和大学。如今，图卢兹已拥有巴黎之外最大的大学群。其中，图卢兹第一大学是欧洲最早的大学之一，建于1229年。现在图卢兹共有4所综合大学，不少工程学院、艺术与商科等其他高等专业学院。聚集在这座中等城市里的大学生有13万之多，而其航空航天发展史至今也有100年了，所以它又被称为是"比巴黎更法国"的城市。

如果说图卢兹工业和教育的独树一帜得益于整座城市悠久深厚的历史积淀和天然古朴的环境，那么航空航天文化又给这座古老城市注入了更多朝气和活力。

早在1890年，出生在图卢兹的电气工程师和发明家克莱蒙阿代尔研制出了世界上第一架蒸汽动力单翼机——"伊奥利"号，并在图卢兹进行试飞，这架飞机依靠自身动力水平起飞成功，并离开地面飞了50米，克莱蒙阿代尔成为世界第一个成功驾驶有动力飞机飞离地面的人。不过，现代意义上的"世界第一架飞机"是在1901年由美国的莱特兄弟发明并进入实际应用领域的。

图卢兹的航空工业可以追溯到20世纪20年代，而它发展的高峰期则是在二战后。随着第一批航空公司的入驻以及机场的建设，近500家的相关配套企业也相继落户。1962年，法国航空航天公司开始与英国飞机公司合作，在图卢兹研制第一代超音速民航客机"协和"号，协和飞机以及第一批喷气式飞机的生产，确立了图卢兹在规模型航空工业园区中的龙头地位。此后又于1967年与德国等合作，进行空中客车A300的研制工作，

并于 1970 年 12 月成立空中客车集团，其总部就设在图卢兹。

空中客车集团的成立，进一步加速了航空航天功能机构和相关企业在图卢兹的集聚，包括法国航空航天中心、国家气象中心、国家航天研究中心等高能级研发机构，法国国立民航大学（ENAC）、法国航空航天大学（ISAE）、法国国立机械与航空技术大学（ENSM）等顶级学府，空客、军机总部、达索航空、达索战斗机等制造总装基地和摩托罗拉、汤姆森、西门子等国际知名企业公司。

与此同时，依托航空文化，大力发展航空旅游也是图卢兹的一大特色。例如，在空客生产总装基地，近一个半小时的 A380 组装下线首次试飞观光项目，当时就吸引了数十万游客预订并参观；而位于城市南郊的太空城，是图卢兹重要的旅游目的地。这座占地 3.5 公顷，设有公园、天文馆、展览馆的"城市"，是一个集探索、试验和了解宇宙于一体的好去处。占地近万平方米的航空发展博物馆，包括 7000 平方米的飞机陈列馆和 1300 平方米的办公接待场所。另外，法国第四大机场的图卢兹布拉涅克机场周围也分布着 29 个景点，这些都成为图卢兹航空工业特色旅游的重要资源。

当然，纯粹从旅游角度看，倘若你到了图卢兹，也不可忽略了距离它仅 70

公里的阿尔比小镇。因为它的建筑风格几乎就是图卢兹的缩影版，同样美不胜收，而且其自有图卢兹难以比拟的辉煌之处。

阿尔比是塔恩省的首府，又被译为阿勒比。说它是图卢兹的缩影，主要在于阿尔比市镇中心的传统建筑也大多由红砖砌成，整座城市色调也是泛红的，因而阿尔比也有"苍红之城"的美称。

塔恩河流过市镇中心，而坐落在河畔的阿尔比圣-塞西勒主教座堂和贝尔比宫，雄伟、傲岸，令人叹为观止。

阿尔比的历史也可以推及很早，公元4世纪时这里就建立了第一个主教辖区。公元8世纪的宗教分裂诞生了卡特里派，又称清洁派，影响了整个南部法国。

卡特里派于12世纪初传入阿尔比，通过宣传布道在这里得到极大发展，因此又名阿尔比派。他们的主要教义是大胆否认正统天主教的三位一体、圣礼和炼狱等说法，把教皇斥为魔鬼，宣称要打倒罗马天主教会。这自然会被罗马教会定为异端。教皇特地组织了十字军前往镇压。同时，北方的骑士觊觎南方贵族丰硕的财富，积极参加了十字军的征讨。战争前后历经近两个世纪，阿尔比派就此逐渐消亡。

为了表示对天主教会的归顺和忠诚，当地天主教在这里建造了规模宏伟的主教座堂和主教宫。她就是享誉世界的圣-塞西勒主教座堂。她不仅成为阿尔比的地标建筑，也体现了中世纪建筑的精美绝伦。她直至今日仍然保存完好，作为阿尔比文化的一部分承载着这个城市的历史。你在阿尔比城无论任何角度，只要抬起头，都能看到她。她的钟楼高耸入云，庄严雄伟，14个世纪以前，代表着不可侵犯的主教权威，如今则更像一座灯塔，引领远行者不断接近这里。

顺便说一句，其实在欧洲许多城镇都是如此，一个地方最大最高最古老最显眼的建筑，往往就是教堂。许多著名教堂，如德国科隆大教堂、米兰百花大教堂等等，其建筑之宏伟、壮观，其装饰之精美、尽心，几乎无可匹敌。而其修建历程往往倾注几代人几十年、几百年的心血，可谓精益求精前赴后继的完美结晶。这是西方世界一大特色，自然也与其虔诚、深远的宗教传统和宗教感情密不可分。

阿尔比镇的圣-塞西勒主教座堂也是如此。她始建于中世纪。长约113米，宽35米，是全世界最大的红砖石结构的天主教堂，也是法国南部哥特风格的杰作，鲜明体现了严谨和简朴的建筑特征。教堂的穹顶壁画由意大利画师们创作于1509年，与西斯廷小堂穹顶画同期。壁画主题为圣经《旧约》和《新约》，主体

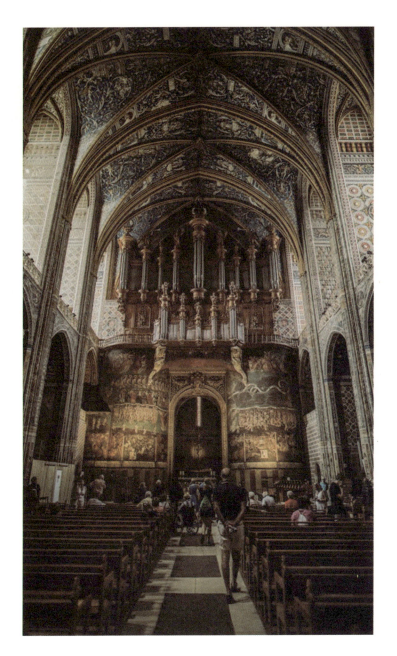

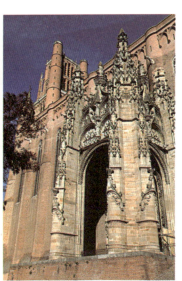

底色选用皇室蓝，又称法国蓝，配以灰白金叶饰，画工极其精巧，人物表情动作亦勾画得无比细腻。这也是法国最大面积的文艺复兴时期的绘画集。

多少有些出乎我意料的是，当我敛神屏息，走进圣－塞西勒主教座堂时，里面正进行着一台庄严的弥撒，由四个穿着白袍的牧师主持。教堂内部铃铎叮当、烛光闪烁、人群敛声而香气袭人。其空间不但宏大，出席弥撒的人也很多，估计有超过百人在聆听讲道。我留神看了下，其中多半是中老年人，却也有好些个二三十岁的年轻人。他们是出于自己的信仰而来，还是由于父母的要求或习惯而来？我暗暗揣摩着，却不得而知。但从他们肃穆而恭谨的神情看，我觉得完全可能他们也都是虔诚的信徒。虽说

从整体上来看，当今世界信奉宗教的人口比例较之中世纪有所减少，尤其是当代的年轻人，你已经很少在大中城市的教堂里看见他们望弥撒的身影了。但多数年轻人仍然是受过洗的宗教信徒，因而精神上或者说感情上，仍然保有他们祖祖辈辈传承下来的宗教信仰或情怀。而阿尔比毕竟是小城镇，古风益然。圣－塞西勒主教座堂毕竟是著名的大教堂，虔诚参加宗教仪式的年轻人多一些，也是很自然的事情了。

2010 年 7 月，联合国教科文组织世界遗产委员会在巴西利亚召开会议，确认阿尔比主教城在全世界范围内的非凡价值，并将其作为文化遗产列入世界遗产名录。现在，教堂是免费参观的，但成人进入祭坛内部则需要门票。（2 欧元包括祭坛

内部及配有中文的语音导览；3欧元则包括祭坛内部、珍宝馆及配有中文的语音导览。）

阿尔比还有一个可圈可点之处，在于它的老城区。

这座拥有53000居民的老城，继承自中世纪；历朝历代的不断完善和拓展，使得老城已宛如一个惑人的迷宫。纵横交错的小巷两旁，大多建有木筋墙房屋和店铺。其中许多是建于文艺复兴时期漂亮的私人公馆，以及阿尔比的其他遗产瑰宝。悠然徜徉在寂静安详的小街巷里，看着那蜿蜒曲折、深深浅浅、被世世代代的行人踩踏得油光乌亮的石块小道，不由得让人生出绵长的思古之幽情来。

实际上，每当我踏上久远而古老的异邦，总不免有一种恍兮惚兮、好久回不过神来的迷茫感。而历史中的现实，只要有人，有生活，却可想而知一定是鲜活、生动而具象的——我恍若又听见当年那些遍布街头的小酒馆里醉醺醺的市民掷骰子赌牌九的呼喝声、街两旁此起彼伏的水果菜贩们的叫卖声、暧昧迷离的薄雾中船队出航的鸣笛声、牛车在石砌街道上缓慢行进的吱嘎声……交织不断。面包房新出炉的面包香淡淡的，终日萦绕街头的咖啡和牛奶的甜香也一阵阵扑进鼻翼……

古老的阿尔比，至今还保留着公元1040年左右建造的多座多孔大桥，它们也都是红砖结构的。而从圣-塞西勒主教座堂出来，步行不远就能到达其中的一座多孔桥，它就是阿尔比镇的另一地标性建筑：旧桥。

旧桥建于 1040 年，是全石材结构，长 150 米。它曾是中世纪阿尔比商业繁荣的决定性因素之一。时隔千年，古老而坚固的旧桥，仍在正常使用中，且可以通行车辆。这在同样有着千年历史的古建筑中并不多见。并且，旧桥为游客提供了一种绝妙的视野，来欣赏主教城的风貌。当我站在桥上，看着清冽的塔恩河在脚下悠悠地流淌，心里油然又浮起沧桑而饱满的历史感，仿佛看到桥上正隐约坐着一位有着神性的老人，至今仍精神矍铄地俯瞰着自己的领地，且从容而娓娓地向你讲述自己丰富迷人的过往与充满生机的未来。

这就是旅行的妙处了，你能身临其境地参与你以往毫不知情的意境，让自己的心灵充实的同时，也让你的视野陡然开阔。这样的人生，无疑是别有价值和令人愉悦的，也是一般物质享受所无可比拟的。

# 当了回庄园主

　　是的，我没说错，我们真的在图卢兹郊外的一个村庄里当过三天"庄园主"——那是一个名副其实的庄园主的私宅，也是我们租宿的最有气派、最具法国乡村"地主"特色的一次体验。

　　租宿手续也是儿子在网上办好的。真正的庄园主把家中别墅中的一幢，整体出租给我们。别墅上下三层共有大小10多个房间，全归我们一行五口使用。楼下一层有一个超过50平方米的敞开式客厅、厨房、烹饪间、卫、浴（如前所述，法国家居的习惯都是卫生间和浴室分开的）、大沙发、电视、冰箱及冰箱内的许多食品，可谓一切家居所需应有尽有。里面完全可以住上几家人。而一天的收费只需100欧元。

　　这座庄园在那一大片一眼看不到边的葡萄园入口处的乡路旁边。从这座庄园乃至整个村子看，波尔多地区不愧是名酒产区，周边有着充足的葡萄供应。而那些葡萄园中的葡萄树，并不像我想象的那样高大丰茂，而多是不及一人高的葡萄树。采摘季已过，地里的葡萄茎枝一派嫣红，修剪得整整齐齐差不多高，一行行、一排排的，看着倒也壮观。

　　至于庄园主的房子，更超乎我想象，远远看去，俨然是一座小城堡，或者就是西方电影中的贵族庄园。极大的院子，四面毛石筑就的围墙内挺立着十来棵高似参天的老松树。远远看去，仿佛是在伸展臂膀欢迎着我们。围墙上则攀爬着红黄蓝白的花枝。顺着两扇敞开的大红铁门开进去，掩映在杂花生树的宽阔草坪中间的，便是两幢高大漂亮的别墅。别墅周边是开阔的草坪和繁多的花木。前后台阶以及窗下，都摆放着种植在漂

亮的大花瓶或瓷缸中的各种盆栽。

　　听见汽车声,庄园的男女主人一起笑盈盈地走下他们住的那座别墅的台阶来欢迎我们。

　　虽然心中早已有着某种想象,但乍一看见主人夫妇,我还是暗暗有些吃惊。他们和我心目中已有的"庄园主"形象,不大对得上号。看上去大约60岁的男主人,穿着一件咖啡色的短风衣,身材高大而挺拔,眉毛浓黑,两只眼睛特别有神,一开口幽默而爽朗,肤色也白白净净的,根本没有饱经风霜的"农民"感觉。

　　他的太太即女主人,看上去比他年轻,白皙的皮肤,脸上化着淡妆,衣着气质也雍容雅致,颈间围着一方艳而不俗的长毛围巾。如不说明身份，其举止谈吐，更会让我以为她是个音乐教师或者公务员呢。

"怎么样，我的庄园够漂亮吧？"男主人伸出右臂，自豪地向他的院子划动一圈，又向院外远远地指点着说："这都是我的领地。我也是这个地方的市长。"

当然，他说的是法语，我根本听不懂，但儿子向我做了翻译，并悄悄解释说："他是在开玩笑，其实他就是村长。法国的镇子或一些很小的城市也叫市。不过，这个村子规模不小，资料上介绍有两千居民，所以他自称市长也不算离谱。"

女主人并不说话，只是优雅地向我们点头微笑，寒暄毕便伸手示意我们随她进入我们要住的别墅。楼上楼下，所有房间和设施逐一向我们展示，并讲解其用途。末了还问我们是不是满意，并告诉我们有任何需要可以给他们打电话，或者直接到旁边的别墅找他们。

何止是满意呢？我们齐声称赞并道谢。两口子和我们一一握手，然后离开了。我不免又心生感慨。"市长"夫妇给我印象相当好，待人接物、举手投足间都透着几分儒雅，且给人一种相当自然得体的感觉。他们的素质和教养，也不是生硬或"恶补"的产物，应该就像他们的老房子和葡萄园一样，是数百年古老家族传承熏陶积淀的产物，与其整个民族特有的人文传统尤其是信仰水乳交融，所以才自然而然地从里向外流溢，而绝无寒酸气和暴发户味……

稍稍安顿下来后，我们急不可耐地出了别墅，在院子里外闲逛。这时我看见别墅外墙上搭着两根带钓线的鱼竿，一下子勾起了我的垂钓瘾，便请儿子去向庄园主咨询，是否可以在他们后院的一条小河钓会儿鱼。手气好的话，厨房里油盐酱醋一应俱全，今天的晚餐我们可以吃到我拿手的红烧鱼了。

庄园主倒是很爽快，说那鱼竿就是供宿客垂钓玩的。遗憾的是，我在小河

边枯站了半个小时，连个鱼影子也没见着。没有东西打窝子、没有蚯蚓（我用的是面包屑），应该是个原因。但那些鱼儿欺生，或怕我这个它们可能从来没见过的黄皮肤老外，没准才是主因吧。

但我并不懊丧，"田野花园里，四处静悄悄"。这种时候在小河边静静地站一会儿，边垂钓边赏景，本身也是种难得的享受。何况，从小热爱钓鱼的我（虽然本事并未随年龄而增长），能在国外钓回鱼，还是破天荒的体验。顺便说句废话，法国的河流从形态和性质来看，与国内和世界任何地方都没什么差异。河就是河，水就是水。

但毕竟是另一方水土，各地的江河湖泊还是各有各的特色的。我面前的这条小河不太宽，但有几百米长，像条界河似的清清冽冽地在院子西边画了个半圆。这天没有风，树叶几乎纹丝不动，水面便平滑如镜，夕阳又给墨绿色的河水涂抹上几分红光。河两边许多柳树和栗树倒映在水中，你看着水面，久之恍若置身于一个神秘的世界，朦胧而迷幻。后来还有几只毛色黑绿相间的野鸭飞来，在镜面上一冲一冲地游嬉，还在草丛里东啄西啄，或者扎猛子潜水捕鱼虾。

我看得出神，暗自又浮想联翩：如果这里是我的家，一定要好好下些鱼苗，每天哪儿也不去，就这么在这宁谧而美丽的小河边钓钓鱼、出出神，那日子，也比神仙差不到哪儿去吧？

当然，美好的愿望终究只能是愿望，三天特异而颇富情趣的时光，就像眼前的落日一样，很快就消逝不见了。我们打点起行装，离开庄园到下一个宿营地——鲁本村去。

告别声中，我又深深地看了几眼庄园的景色，不由得有了几分惆怅。毕竟，此一去，至少我，恐怕再也不会与庄园重逢了——"人生到处知何似，应似飞鸿踏雪泥。泥上偶然留指爪，鸿飞那复计东西"。说起来，还真是这么回事呢。

然而再想，这也是人生的本质。生而在世，我们往往像浮萍一样身不由己，不是你想怎样就能怎样生活的。当然，见异思迁原也是人这个物种的一种基本属性。比如我们到了海南，激赏其海光山色之余，多半会生出在这里定居或者买个房当候鸟的欲念。其实多半又只是一时冲动，最终又回到自己待腻了的老地方，直到又一次生出到哪儿去看看的意愿，所以"旅游"便成了人们的最爱。

其实这也没什么不好或奇怪的。毕竟他乡再好，不是吾乡。真要让我在这个庄园待久了，柴米油盐、七烦八恼掺和进来，十有八九又让人觉得闷、觉得孤独，生出想到哪里去透透新鲜空气的念头来。此正所谓"旅游就是从你待腻的地方，到别人待腻了的地方去"。这很有道理，腻和不腻，新鲜和陈旧，终南隐居和走南闯北，本来都是相对的。关键在于你有多少本钱、多少机遇能让自己的人生"流"起来。

本来嘛，"活着，不过是从一个地方走到另一个地方，从一个梦想走向另一个梦想。虽然有各种意外，但我们还是要活出最好的模样"（《肖申克的救赎》语）。

思绪纷飞间，我们已驶进了新的下榻地：鲁本村（又译卢帮洛拉盖村）。

至今对这个村子的点滴记忆，每每提起来，便又会清晰地浮现在眼前。原因主要有二：一是它是我们住过的最纯正的异国"乡村"，距城镇较远，一眼看上去更有"乡土气"，更安静也更觉祥和。二是我们到达鲁本村那天正是圣诞夜。我在巴黎曾度过圣诞节，但在地道的法国乡村领略它的圣诞风情，无疑又是一次全新而有趣的体验。

鲁本村比起住庄园主的那个村镇来说，可谓正宗的小村庄了。但有一点，它虽然小，也有纵横错落的十来条村巷。而和国内一些村庄相比，不仅房屋和村路建筑风格迥异，格局上也仍然很像是镇子。村里没有一处破败的房舍，屋顶多半是坡顶，墙壁大多涂色，且以灰红或褐黄为主。至于村巷里，到处都干干净净，没有一点脏乱的感觉。

而且，这个小村庄仍然与别处一样，几乎家家的房前屋后都种植着鲜艳的花卉。窗台虽然窄小，多半也会摆放几盆鲜花。因为花卉多吧，村子里终日浮漾着淡淡的花香气息。

说到气息，我觉得鲁本村的气息也很难用花香来概括。可能是村子不大，人家居住相对密集吧，任何时候在村子里闲逛，你总能嗅到一种说不清楚的有点含混的混杂气息。其中有自然界的清新空气和村边草木、土地、葡萄园的气息，还有人家或村街上小咖啡馆逸出来的咖啡、牛奶或炊事的气息。

这就是村庄所特有的气息吧。好在，这种混合气息不是太浓烈，也不难闻。嗅着反让我有一种亲切感。似乡愁，又似某种眷念。

我们驶往房东家时，汽车穿过村道，在狭窄而油亮的石块路上缓慢行驶，听得见车轱辘骨碌骨碌的滚动声，可见下午时分的村子里有多安静。而这时候的村巷里，也的确见不到几个行人。人们

或许都在地里忙活，或在家中小憩。巧的是村子中央小教堂的钟开始报时了，悠远而浑厚的当当声，在空旷的村野外传得很远，也让我们的心怀一下子敞亮起来。

有个细节吸引了我的眼光，我看见路边有个坐在自家小花园阳台上躺椅里的老太太，穿着灰色的宽松外套，正聚精会神地捧着本书在看。微风拂动她的银发，她一动也不动。30分钟后我们又经过她家，她还是头也不抬地沉浸在书本里。想想也是，在这冬日里温煦的暖阳下，能宅在这世外桃源看看书，夫复何求？

我们租住在村东头一条长巷里的一户人家。有意思的是，这户人家的房东，也是一个中年女子带着一个小女孩。这让我一下子想起拉罗谢尔那个未见面的女房东和她家照片上的小女孩。不同的是，鲁本村的房东带着她的女儿，在她的出租屋里热情地迎接了我们。眼前这个小女孩，和那个未见面的女房东家照片中的小女儿差不多大，长得也有几分相像。

寒暄中，女房东告诉我女儿的名字，我听不懂法语，但儿子说，如果音译的话，可以叫她"我不乐"。我不禁莞尔。因为眼前的"我不乐"笑容可掬，相当开朗大方，且很可爱。

与拉罗谢尔市那个未见面的女房东很不同的还有一点，即这位女房东的房子是专门用来出租的，她和女儿另有住处。我们租住的是一个相当宽敞的两层别墅，进门就是一间很大的客厅。客厅边上有吃饭的小间和宽敞的厨房。楼上有三个房间，床上的被褥和床单都叠得整整齐齐，也干爽喷香、柔软舒适。

她家的冰箱可谓超大，里面有一大瓶鲜奶、两大瓶橘汁，还有许多鸡蛋和麦片面包供我们随意取用。当然，这也是不另收费的。至于彩电、洗衣机、烘干机和无数碗碟、调料就不用说了。当夜我就"洗手做羹汤"，用我们从村里小超市买来的食材，炒了一大盘白菜肉丝，还做了红烧鸡翅和一条我叫不上名来的海鱼。然后，我们开启了一瓶8欧元的红

葡萄酒，别有一番滋味地开始了我们在异国他乡村民家中的圣诞"大餐"。

说到法国的食材，不妨也顺便介绍一下。法国的蔬菜、水果可谓五花八门、琳琅满目，但品种和国内的几乎一样，不外是红萝卜、胡萝卜、西蓝花、洋葱、胡葱、土豆、大白菜、西红柿乃至油麦菜之类。肉食类也多以牛羊鸡鸭等为主打品种。

不同的是他们的集市上没见过有卖鹌鹑、鸽子之类禽鸟的。所有肉类都新鲜红润，其质量一看就让人放心，因为他们有着严格的检疫和保质期。水产品的差别就较明显了。首先你几乎看不到有出卖淡水鱼的。而海鲜品种，那可叫一个丰富。稍大的超市里从巨型乌贼、触手比人的手臂还长的鱿鱼到一米多长的怪海鱼，常让我看得瞠目结舌。还有各种各样大小不同的海虾、海蟹等，至少有数十种。

和国内最明显的差异就是奶酪和面包了。我们的大超市也会卖奶酪，但那是小巫见大巫。他们的奶酪不仅品种多达几十种，块头也大，硬的软的，黄的白的，圆鼓鼓和方溜溜的，形状应有尽有。面包蛋糕亦然，甜的咸的，方的圆的，长长的棍子的，各种风味的，品种多得你几乎数不过来。好在我这个中国胃，虽然眼花缭乱，但大多数都看不上，看了也不会流口水……

至于喝的葡萄酒，尽管已说过波尔多，但我还想再说上几句。我在法国时，无论在大都市巴黎，还是在小村子鲁本村，商店里的葡萄酒都是琳琅满目，看得你眼花缭乱。其价格在超市里则多数是几欧元到十来欧元的。一般法国人平时都喝这种酒。所以我们平常喝的也都是8—10欧元的酒。这些酒在当地属于中等，但品质和口感都很好，至少不亚于国内几百块一瓶、许多还是用硬纸盒或木盒包装的红酒。

将近傍晚时分，村子里明显热闹起来。三三两两的村民出现在中心小广场，寒暄、购物、互道圣诞快乐。不少村民

看见我们也都会笑眯眯地道一声"蓬树"
（你好）。

村西头出现一些临时的游艺点，还
有人牵来一些羊、马、驴子等动物，在
临时窝棚里表演圣经故事。孩子们兴奋得
挤来挤去、大呼小叫。大人们则三五成群
地围在一起，用纸杯喝冒着雾气的、据说
是圣诞节期间才喝的热葡萄酒。许多人
还在分吃着一种初看不明白、细询才知
同样是在圣诞节期间吃的加热成糊状的
奶酪。

最吸引我目光的是村中小广场上卖
生蚝的摊点，生意相当之好，村民们络
绎而来，几大箱生蚝很快就卖完了。

生蚝即所谓牡蛎。我知道这就是法国人爱吃的，也是驰名世界的法国大菜中之一种。早在中世纪时，蚝已是法国人钟爱的珍馐。到了讲究豪华排场的17世纪，蚝有了更多的吃法，但美食家始终推崇生食。我对这玩意儿早有印象，不是因为吃过，而是"看"过：少时读莫泊桑的名篇《我的叔叔于勒》，文中那个曾在孩子和其父母心目中声誉很大、被他们寄予厚望和自豪的叔叔，原来竟不过是一个让孩子们大跌眼镜、令其父母大为蒙羞、流落游船上卖生牡蛎的。

当然，来鲁本村前，我已多次来过法国，也在巴黎和别处的集市上见过卖生蚝的情景。有回还在巴黎的朋友老侯家中尝过一次地道法式吃法的生蚝——他是把我当作贵宾款待的。而我，实在是不识抬举且不知好歹。刚把那看上去十分鲜嫩、挤上柠檬汁的生蚝肉送到嘴边，一阵刺鼻的腥味便让我皱起了眉头。出于礼貌，我勉强送入嘴中，未敢细嚼便硬吞下肚，且就此敬谢不敏，再不敢领教第二口了。

当然，我知道生蚝营养丰富，素有
"海中牛奶"之誉，富含人体必需的蛋白
质和微量元素如锌等。法国人之所以酷
爱生吃，据说不仅因为生食其味道特别
鲜美，还因为生食时营养价值更高。无
奈我的胃太过老土，既觉不出生蚝有何
鲜美，从心理上也无法接受这种吃法。

法国生蚝体大、肉细、汁多，但对喜
好者而言，生蚝好吃壳难开，不过鲁本村
那几位卖生蚝的，却让我见识了他们精湛的
手艺。他们用于开生蚝的工具很简单，只是
一把尖尖的小刀与手的灵巧配合。据说，为
了清洁卫生，他们开生蚝时，手指是不能
触碰到蚝肉的。果然，他们遇有要求当场
开蚝的，便拿起一只生蚝，一手托蚝于掌
心，一手持小刀，还未等我看清，细小的
刀尖已敏捷插入椭圆的壳内。只见他手
腕轻轻往下一压，剔透乳白的蚝肉便露
了出来，丰润香腴，让我不禁又一次有
了尝试一下的食欲。当然，结果我还是
没买生蚝。

夜晚，我仗着几分酒兴，独自在村
街溜达。本以为会欣赏到一个春节般热

烈的夜景,现实却大相径庭。街道上几乎没人,更没有想象中的聚会、歌舞或鞭炮焰火之类。色彩倒是挺丰富,村子四面入口处和小广场上都装饰着珠玉般璀璨的彩灯,勾勒出大树、店铺和一棵巨大的圣诞树的姿影。但为什么没人来欣赏它们呢?不过它们似乎并不在意,仿佛独自在沉思着什么,偶尔会有一阵清凉的风飘来,与它们厮磨一番,或絮语几句。说些什么,我自然是一点儿也不明白。

许多居民家的门楣上也有彩灯,但门户却多半闭着。好在有些人家沿街的窗户开着,也没有拉窗帘,我可以洞见一些人家亲友一堂,正在吃他们的圣诞大餐。我特地留心他们吃些什么,却也没有想象中的叠盘架碗，而且听不到喧闹声，更别说喝酒行令声，人们像在饭馆里常见的那样，低声交谈或优雅地举杯相祝。偶尔有些人家会有笑声传到街上来，让我有了几分亲切感。

毕竟是节日，所以家家客厅里都亮着一棵缀满彩灯和小饰品的圣诞树。下午我看见小广场上卖圣诞树的，都是些新砍的还飘溢着油脂清香的小松树。餐桌上红红绿绿的酒瓶是必不可少的。菜品虽然不多，却也可谓丰盛，整鸡横陈，大虾满盘，牛羊肉也不少。晚餐本来就是法国人一天中最正式的一餐，圣诞夜食物自然会更丰盛一些，但让我有些不解的是，有些人家的主食，除了小篮子装着的法棍面包，还有米饭。蔬果点心类则没见什么特别的东西，大多是苹果、胡萝卜及布丁、冰激凌之类。

有一户人家让我在窗外暗影中伫留了好一会儿。因为屋里只有一对估摸都有七八十岁的老夫妻，两人衣着都很考究，看上去就像一对老绅士、老淑女。他们每人面前一杯酒，静静地对坐在餐桌前，几乎不说话，半晌才端起酒杯呷上一小口。就那么无声无息地坐着，食物摆在面前，却也没见他们动过刀叉。

他们家中显然没有别人了。只有长沙发边上那棵小彩灯静静闪烁的圣诞树在陪着他们。

他们的子女呢？或者亲朋呢？或许他们的儿女都像我的儿子这样，生活在异国他乡？那他们这样过一个圣诞，"无人会，登临意"，不觉得寂寞甚至凄凉吗？而平时，他们恐怕也是这样消磨自己所余不多的每一个日夜吧？

我不禁又想起那宁静却祥和的村中广场。这些年流行于朋友圈的所谓岁月静好、所谓诗和远方之期许，不就是这般意境吗？况且，习惯的力量是无比强大的。老两口或许早已惯于这种恬淡自适的生活方式也未可知。而换了我，这样的生活也未必有什么不理想的。且不说晚来的宁静本来就是乡村的特质，能这般安宁和平地生活，较之许多纷乱不安的地方，或许多奔波繁乱、一地鸡毛的人生，不就是一大福分吗？

# 如梦似幻 "安纳西"

如果说每一次旅行都像我们的人生，过程中必然有着起承转合、抑扬顿挫之起伏的话，那么我们的法国自驾行之旅，可谓我人生中一个精彩纷呈的高潮。而在这个具体过程中，亦可谓高潮迭起，让我优哉游哉，乐而忘返，几乎每一刻都心旷神怡，恨不得余生每一个日子都这般光鲜可爱。

当然，这是不可能的。

然而，安纳西之旅，完全称得上是我们整个行程中之最高潮的体验。这首先缘于安纳西本身那诗一样的美和美人一样的丰姿。其次，在于这种美和风韵远远超出了我的预想。

实在说，我现在坐在桌前，一张张翻阅安纳西行程中的照片，忆起那时的点滴感受，不仅有欣喜与甜蜜，更有点奇怪。谁都知道，旅游的最大魅力，实

际上只存在于人们的想象和期望中，想象越美，则期望越大，实际体验却往往会有些煞风景。当然，这也符合事物和人们心理运行的规律，过程往往大于结果。不过这是另外的话题，我还是说说为什么安纳西会给我如此特殊的美感甚至是震撼吧。时机、旅行方式都大有关系。如自驾的优势就在于不用赶时间，沿途随时可停车，欣赏坐大巴时只能一掠而过的美景，甚至可以临时弯进某个美丽的小村落徜徉一番。目的地的安排及实际的风情等因素，无疑都会影响我们的心境与情绪，但我觉得，最关键的在于，我事先对安纳西的了解较为抽象，只知道她是个美丽而独特的存在，是所谓"阿尔卑斯山的阳台"，阿尔卑斯山风光我是领略过多次的，只不过都是在瑞士、意大

利欣赏到的。而安纳西的风情再特异，终究也是差不多的吧。也真不能说她就比别处特异或美到哪儿去，这一想，我对安纳西的想象或曰期望值，可想而知也就大不到哪儿去了。于是乎，一旦身临其境，反而便先有了一种出乎意料的惊喜了。

所以我要说，对我而言，安纳西的美，是一种突如其来的美，喜出望外的美，更是一份天时、地利与人和交汇而成的恰如其分的美。

不过，我们的整个安纳西之游，实际上包含了三个板块。

第一板块，是从法国到其辖境，需先出境，取道瑞士日内瓦，再迁回到法国安纳西——听起来是不是有些怪？其因且容我稍后讲来。

第二板块，是天下名城安纳西城区的游览。

第三板块，是我们住在安纳西乡下一个小村中的三天三夜。到达次日又适逢一场大雪，令我们不仅领略了安纳西乡村的风土人情，更难得地领略了阿尔卑斯山区漫天飞雪的奇幻风韵。

那么，为什么去法国领土安纳西，却要先从瑞士日内瓦经过呢？

这就得从安纳西的历史变迁和地理位置说起了。

安纳西位于今天瑞士国的日内瓦与尚贝里（Chamber）之间，其人文风情在10—19世纪时期，深受瑞士这两个城镇的影响。而实际上，安纳西曾经就是瑞士领土，而且是日内瓦地区的首府。后来，它被转让给日内瓦伯爵。1401年后，安纳西又被合并到萨瓦王室。随着加尔文教派在瑞士的发展壮大，安纳西便成为了宗教改革运动的中心，日内瓦主教也迁移到了安纳西。到了法国大革命期间，安纳西又连同萨瓦区一起，被法国占领。1815年，法国波旁王朝复辟之后，安纳西又被还给了撒丁王国。此后，法国于1860年又吞并了萨瓦地区，安纳西也就最终成为了法国的上萨瓦省的首府。

值得一提的是，出生于1567年的圣弗朗斯瓦德萨拉主教于1602年到1622年担任了20年安纳西的主教。由于其在位期间进一步提升了安纳西的宗教性与权威性，安纳西也开始名声远扬，成为所谓"萨瓦的罗马"。

还有一点，虽然不算太了不起，但安纳西毕竟也曾是1949年第二轮世界关税与贸易总协定谈判的举办地，而且这里还有着好几所大学。

于是乎，我们的安纳西行旅第一程，便在瑞士境内穿行了4个小时，于中午时分到达了日内瓦。

日内瓦我已去过多次，且非我们此

行的目的地，所以其具体情况就不在此赘述了。好在作为世界名邦，她的情况许多人是很了解的。不过，我们还是在日内瓦市区及城中的莱蒙湖畔流连了几个小时，因为她的市容与湖光之美，与后文的安纳西湖有着异曲同工之妙，还是很值得一书的，所以我也在此发一组日内瓦的照片，以飨诸君：

离开日内瓦后，地势逐渐抬高，我们的车子始终在高低蜿蜒的山道上行驶。沿途风光可谓处处养眼。于是我们走走停停，拍照、赏景，一个多小时后，才于夕阳欲下时到达了目的地安纳西城。

一入城区，更觉心旷神怡。抬头是依旧蔚蓝的天，放眼是碧绿的湖。城中多是青石铺路，满眼五彩烂漫的鲜花、令人驻足的古老房子和清澈的小河。许多人将安纳西视为心中的世外桃源，看来真不是偶然的。

安纳西老城主要的街道都在一条名为休河的河流两侧。许多楼房建造于12—17世纪，至今保存完好。古老的石板路仍是中世纪的模样，现在大部分都辟为步行街。沿河小街上触目都是露天咖啡馆、纪念品商店、旅店和餐馆，楼房的拱廊前和过河的桥栏上都种满了鲜花。

　　安纳西老城中，最著名的景观就是"中皇岛"区域了。这中皇岛也被称为老监狱，是安纳锡澄运河中的一座小岛。其形状很像一艘船泊在河边。这是一座石造建筑，又叫利勒宫。三角船形的皇宫坐落在河中小岛上，始建于12世纪。

这是安纳西城中最具代表性的古迹，也是欧洲上镜率最高的建筑之一。

　　至于安纳西城堡，历史上它曾是日内瓦伯爵住地，12—16世纪为萨瓦王室所有，现在则是安纳西音乐学院的历史与艺术中心。

卢梭画像

卢梭及其青年时与华伦夫人画像

安纳西城区美则美矣，但在我看来，其最令人神往的，首先还在它得天独厚的地理优势。它依山傍水，背靠阿尔卑斯山，南抱安纳西湖。阿尔卑斯山融雪形成的湖泊、穿城而过的运河、青黛色的远山以及近处的绿树繁花，共同构成了一幅幅世外桃源般的美景。

安纳西也是有历史、有文化的风水宝地。别的不说，法国18世纪伟大的启蒙思想家让·雅克·卢梭，就曾选择在这里度过了他一生中最幸福、最浪漫的12年时光，并且还留下了个著名的浪漫故事。说的就是卢梭少年时期便来到安纳西，有幸结识了贵妇德·华伦夫人，并为她的美貌所倾倒。后来，卢梭在他最负盛名的著作《忏悔录》中，真切讲述了自己对华伦夫人的恋情和经济上的依赖。

在描述首次见到华伦夫人的地方时，卢梭写道："我大概还记得那个地方，此后我在那儿洒下不少泪水，亲吻过那个地方。我为什么不可以用金栏杆把这幸福的地方围起来！为什么不让全球的人来朝拜它！"

这一天果然来到了。1928年，为了纪念卢梭和华伦夫人相遇200周年，后人在卢梭描述的地方为他塑了像，并围上了金色的栏杆。

安纳西最魅人处，自然便是安纳西湖了。只因她位于阿尔卑斯山脚下，湖水都来自阿尔卑斯的高山雪水和雨水，绵延达15公里，且湖水碧蓝耀眼，被誉为全欧洲最纯净的湖泊。即使在冬天，安纳西的山也是青的，水也是绿的。这般人文与自然交相辉映的景观，无疑是富有特色的。而特色与个性是任何景观让人流连忘返的首要因素。比起巴黎的繁华，罗马的喧闹，这才是我最想看到的真正的欧洲风情。所以，安纳西从来都游客云集。许多人会在安纳西湖畔漫步或骑车，或在湖中游泳划船。当其时，眺望着远处连绵起伏的阿尔卑斯山影，憧憬着自己波光云影的未来，显然是人生一大快事。

而我，至今仍有些不相信自己到过安纳西。每当回想起来，当初那快意驰骋、优哉游哉的几天，恍然如在梦中。

仅仅那大山环围的安纳西湖，就足以让你流连忘返。她山、水、禽融为一体，绿莹莹或蓝幽幽的湖水清得令人疼惜。正午的阳光下，你在湖边一伸手，就有无数湖鸥飞落你身边，甚至掌中。它们为什么不惧人？显然是它们从来没有感受到来自人的威胁。相反，在湖边喂鸟取乐的游人络绎不绝，欢声、笑语、鸟飞鸟落，他们本身也成了一道风景。

安纳西湖的妙处还在于她移步换景，真可谓"山阴道上，目不暇接"。远处的山坡上，湖边的森林中，大大小小、红黄蓝褐地散落着积木般的别墅，星罗棋布，恍若童话。这些景致孤立地看，似乎并无太多特别之处，然而集合起来，融合在这样一个大环境中，硬是有了许多让人浮想联翩的意韵。

尤令我感叹的是，大自然的鬼斧神工真是绝妙。眼前这片山水相依的美景，如果只有水，没有周围那紧紧环抱着它的一圈高低起伏的青山，那一大泓绿水固然足以让人流连忘返，但你总会觉得有些单调。而如果仅有青山绵延，那森林密布、远看青翠欲滴的山姿固然也够壮观，但是不是也会觉得缺了几分灵性？真正完美而和谐的景色，就得要像现在这样，绿水盈盈，映衬着雄伟而又温存的群山；山怀宽广，拱卫并呵护着娇羞的湖面，两者相互依存又相得益彰。真是添之一分则腴，减之一分则瘦，美得恰到好处呢！

傍晚，我们从住处散步到湖边。伸向湖中的栈桥上，站着两匹马，马背上是三个头戴骑士帽、凝望湖心出神的美少女。中世纪的铁制方灯环着湖，连绵地亮向远方，宛如在倾吐彼此的情愫。天空飘起了零星的雪片，湖中雾气迷蒙。哦，空气中浮漾着宁谧的感伤，令人无

端遐想却并不消极……

面对着这样一份大美，我不由得又生出一番感慨，那就是：眼前有景道不得——任何人为的言词、描摹，包括最写实的相片，在自然的杰作面前，在浑朴天成的至美面前，都是苍白无力的。所以我很少敢下笔写游记。道理很简单，见过者会觉得你尚未描摹出他所感之万一；没切身体验者又难以借你的文字，想象出重撼你心窍的那一份质感。

但这回不同，当我呆坐在灯彩与湖光缭绕的长椅上不忍别去之际，心中浮漾的，却还有某种淡淡的隐忧。过往我见过太多的美景，在不断加码的旅游大开发热潮中面目全非。纯朴、自然、处子般童贞的安纳西湖，今后该不会重蹈它们的覆辙吧？我想不至于，但又不敢确信。盖因我们人类在无言的自然面前往往太过自信，甚而可说是狂妄自大。比如我们过去总爱说人定胜天，后来又特别强调天人合一。却很少认真想想，天或自然的根本特质就在其绝对性情而纯真不虚。而人，尤其是社会中人，有几个敢自认是不戴面具生活，不矫情做作或纯朴无瑕的？以此面目，虽然你可自封是"万物之灵长，宇宙之精华"而意淫一把，但若真想与天合一，恐怕首先得想想我们配吗？天又乐意吗？好在庄子还是明智的，他强调："天地有大美

而不言，四时有明法而不议，万物有成理而不说。"就是说，四时的序列，万物的荣枯，全仗天或宇宙的伟力所致，而天却从不妄自尊大。那么，人还有什么理由不对天多一份虔敬、膜拜和顺应，而少一点自作多情或一厢情愿？

安纳西游的第三部分，同样精彩纷呈，这也是我向往中的主要部分。为了更深度触摸法国腹地的民情，我们没有在安纳西城中住宿，而是租住在安纳西郊外，一个叫蒙顿圣伯纳村的一户"农民"家中。可这是什么样的乡村呵！一座座起伏连绵、终年覆盖着积雪的阿尔卑斯山山峰，屏风般环护在坡地和深谷之间，那儿高低散落着数十幢形态色彩各异的别墅和宽大的花园。

　　若无那一块块错杂于房前屋后的斑斓田地、葡萄园，和邻舍家小草场上，据说是养着玩的那几匹好奇地注视着我们（这儿恐怕没来过一个中国人）的健壮的大马，你真会将这个村子视为市郊的高档小区。而房东家的别墅是三层的，他们提供的住处在一楼。房东夫妇则住在二层。进出另有楼梯，不经过我们的住处。

　　我们的住处不大，但布局合理且非常洁净。床和被褥都干净且柔软舒适。屋内虽只一卧带一大厅（可放沙发床睡人），却颇宽敞。长餐桌可容六人用餐，客厅里洗衣机、洗碗机、电磁炉、暖气、锅碗瓢盆、筷子甚至中国酱油、榨菜都一应俱全。而厨房用具，包括餐具杯盘，真可谓琳琅满目、银光闪烁。

不外出时，我们就在屋内或门口遮阳伞下做饭、喝茶、打牌、看书，可谓其乐融融。

村里也是散步的乐园。从我们所住的小山坡上往下走个十来分钟，眼前就闪现出安纳西大湖的妩媚笑脸。漫步在这极具田园风情的乡野小道上，真好似行走在一幅幅有生命的画作里。这种地方，怕不就是所谓上帝的后花园吧？

更可亲的是我们的房东夫妇。他们对房客的关心呵护，可谓真诚而细致。

我们住下的第三天，安纳西下起大雪来。一觉醒来，漫天皆白。而房东两口子已早早地就将门前通道上的积雪铲净了，还送来几副手套和雪杖、防滑鞋给我们外出时用。

一交谈方知道，法国乡村也有些类似我们的乡村，不少人都外出"打工"了。如这家的男房东，他就长年在伦敦一家银行工作，妻子则留守家中，每周末开一小时车到日内瓦机场，将从伦敦飞来的丈夫接回……

特别令我感慨的是，自驾使我们自由参观过许多小村小镇，可任何村镇都没因人少而凋敝。居民也没有一点儿"乡气"或猥琐贫寒之态。他们多是衣冠楚楚，举止得体甚而儒雅，至少从外貌上我是分不出他们是"乡下人"还是巴黎人的。因为他们的土地等历来私有，家家有房屋、葡萄园等恒产或奶牛及各种作坊，其生活质量，在我看来是较巴黎的工薪族要高的。

因为长期的富足生活和现代化的助力吧，农耕形式也早为机械所替代。家家房前屋外都停着拖拉机、收割机等好几台机械。而这些农民的受教育程度又普遍较高，许多东西，尤其是文化、信仰和教养积淀之自然流露，农民的气质也就不俗了……

奈何，三天倏忽而过。好在惜别之际，大雪初霁，天边又浮起嫣红的朝晖。但白茫茫的眼前，阿尔卑斯山脉和安纳西的山水田园，依然沉睡在雪光之中。

汽车拐弯时，我又停下车来，跑到路边的马场上（据说马是村里人养来玩儿的），"咿咿"地一唤，远处那几匹披着霞光的马儿居然向我跑了过来，喷着清亮的鼻息，定定地瞅着我。

哦，可爱的马儿！可爱的安纳西，何日再重游？

# 看看法国"景德镇"

景德镇，无疑是中国瓷器的代名词。而中国，作为世界陶瓷和艺术瓷器工艺的发明国，无疑又是世界瓷器最发达的国家之一。故在历史上很长时期内，中国都是世界上最大的瓷器生产国和出口国。宋元后，中国瓷器制作工艺不断提升，并通过海上丝绸之路大量出口东南亚、南亚乃至欧洲、北非，成为中国出口的代表性工艺品之一。

因而，若非亲自到过法国的瓷器重镇——利摩日，恐怕我也会和许多国人一样，并不知道现代法国也会有相当高超的瓷器工艺。

说到这一点，请容我先提及一位大名鼎鼎的法国国王：路易十四。

这路易十四相貌一般，个头也不高，却曾是名头最大的欧洲君王，因为他有个了不起的尊号："太阳王"。

但这名头也并非白给的。路易十四在位期间，法兰西王国被他打造成西欧最强的国家。他是中国康熙皇帝同时代的君王，也以在位时间长而著称，但他的在位时间还要长于康熙，整整坐了72年国王的宝座，因而他是在位时间最长的君主，没有之一。

但路易十四的"丰功伟绩"不是我的主题，就不在此说了。仅提一点：法国名扬四海的凡尔赛宫，其主建者就是路易十四。

别低估了这座著名王宫的政治意义。1682年5月6日，路易十四搬进这座位于巴黎城郊的巨大宫殿后，法国宫廷政治格局和规矩也曾为之大变。因为它的存在，迫使贵族王公们仅仅为了衣装费用就要付出巨款。他们得从早到晚都待在宫殿里，参加路易十四乐此不疲的种

路易十四画像

种舞会、宴席和其他庆祝活动。据说路易十四记忆力惊人，当他进入大厅后，一眼就可以看出谁在场，谁缺席。因此，每个希望得宠于或不得罪于国王的贵族，都不得不每天泡在凡尔赛宫里。

路易十四还在宫廷里掀起了一股被时人称为"金光四射"的奢靡之风，并把这股风气吹遍了整个法国大地。比如在用膳时，国王使用的餐具是金子做的，而王公贵族则用镀金餐具。当国王总管高喊一声"让我们分享国王赐给的肉吧"时便用一根以金百合（法国王室象征）装饰的单簧管吹出一串音调，宣告晚宴正式开始。

如此豪宴，上菜自然也别有讲究。晚宴的头盘是鲜美的肉菜汤，也就是精心制作的肉馅或是口感浓郁的面包汤。国王的大厨们通常会准备两到三种不同的汤，譬如营养汤、"王后"汤（在汤里放入鹧鸪肉馅或雉鸡肉馅的一种汤，有时会加点黄油），还有比斯克酱虾汤。

除了好喝又别致的汤，还有多种肉馅、洋蓟、蘑菇等配料和大面包供给客人做前餐。面包个头特大，每一个足够一位大胃男吃，而它的面包皮要够一位女士用来蘸汤吃。

之后自然是一道接一道的大菜。

盛放这些大菜的盆、盘、碗、碟，其精致考究也就毋庸多说了——它们大多来自遥远的东方，准确地说，就是中国。

在中国瓷器进入欧洲以前，西方人日常应用的器皿以陶器、木器和金属器皿为主。所以轻薄漂亮的瓷器一传入欧洲，立即得到了所有人的追捧。最初的瓷器数量异常稀少，而且往往被当成最名贵的礼物送给国王和贵族，平常庶民根本无缘得见。

因为昂贵，16世纪的欧洲人，甚至认为瓷器尤其是中国瓷器有一种超自然的魔力。以至还有一种说法是：假如在中国瓷器里盛放毒药的话，瓷器就会开裂。到了16世纪中期，随着葡萄牙人从中国带回大量瓷器，收藏中国瓷器成为欧洲上层贵族的一种风潮。

正是在此背景下，1670年时，你可以说他是未能免俗，也可以说是别具艺术细胞的法王路易十四突发奇想，在凡尔赛又建了一座"中国宫"。中国宫的装修是令人目眩缭乱的"中国风格"，宫内的檐口楣柱、墙角四边屋顶都贴着艳丽的瓷砖，室内则模仿中国的青花瓷器，镶嵌着白底加蓝色的图案，还到处摆上了中国的瓷花瓶、绸帐与金流苏。

路易十四还不惜巨资，购入一只中国瓷碗，成为一时之佳话。

这只瓷碗就是举世闻名的清代珐琅彩杏林春燕图碗——当时的价值虽然不详，但是待到2006年拍卖时，它的成交价已为1.5亿港元。

由此可想而知，瓷器尤其是中国瓷器在法国国王、贵族乃至普罗大众心目中，会是怎么样一个地位了。

那么，法国又是如何诞生了自己的瓷器业，它又和遥远的中国有什么关系？

还真有，而且还是与这位路易十四有关。他曾专门下令全力复刻，造出真正的"中国陶瓷"（"la véritable porcelaine de Chine"）。于是，法国从 17 世纪初便开始仿制中国瓷器的百般尝试。到 1650 年，他们终于在讷韦尔造出了自己的青花瓷器。

然而，这种"青花瓷"和中国的瓷器还不能相比，因为法国人那时还不会使用"瓷土"（高岭土），烧制出来的仿青花瓷只有个样子，事实上属于软质瓷（soft-paste porcelain）。软质瓷烧成温度较低（800—1000 度），强度不及硬质瓷，热稳定性也较低。而中国瓷器是硬质瓷（hard-paste porcelain），坯体已完全烧结、玻化，很是致密，对液体和气体都无渗透性，具有陶瓷器中最好的性能。

有意思的是，真正帮助法国掌握中国制瓷核心技术的人，是 18 世纪一个深入中国的外行人：法国传教士殷弘绪。他曾前往景德镇传教长达 10 年（1712—1722）。因为对中国瓷器有着浓厚的兴趣，他曾在 3 万多字的通信中，详细记录了景德镇的人文、地理、治安以及胎土、釉料、成型、彩绘、色料、匣钵制造、瓷器入窑、烧成等生产制作方法，让法国人第一次知道中国瓷器制作的真实情况。

但是，道理虽然明白了，却还缺少一味必备材料——瓷土（高岭土），而这个困局最终却于无意之中在法国的利摩日获得了突破。

1765年，法国一位化学家的妻子在洗衣服时，发现用黏土可以增白。化学家对其进行了检查，发现这就是传说中的高岭土。而出产这种土质的利摩日城，此前就以珐琅工艺闻名。因而1771年，利摩日总督在当地大力发展制瓷业。此后，法国便可以自产自销像中国瓷器一般高品质的"真正瓷器"。

可想而知，利摩日瓷器很快便开始声名远扬。利摩日也渐而被称为了法国版的景德镇。从这里产出的高级瓷器，从19世纪开始便席卷了法国甚至欧洲，以至80%的欧洲皇家瓷器上，都会印上"利摩日出品"的堂皇字号。

如今，和大多数游客一样，驱使我们来到利摩日的，自然也是她的瓷器。

当然，利摩日城本身也是值得光顾的。她是一座古老的城市，安详、宁静而富足，但她却并没有受到现代化的过度洗礼。悠闲徜徉于千牛山顶的大片云彩下，利摩日吮吸着维埃纳河的甘露，成为法国空气质量和水质最优的大区首府。尽管这里并非传统的旅游胜地，但每到假期，慕名前来的游客依旧络绎不绝。

利摩日位于法国中央高原西部，东侧为千牛山，北部为昂巴扎克山。市域范围内以丘陵为主，由维埃纳河向两侧逐渐抬高。海拔在200—430米之间。

利摩日城中有个美术馆，与其他出色的馆藏不同的是，在瓷器盛行之前的中世纪和文艺复兴时期，利摩日的珐琅工艺便已经形成品牌，所以在这个美术馆中便可一睹这些古时的艺术杰作。此外，你还可以在此欣赏到整整一大间屋子里陈列的雷诺阿和瓦拉东的真迹。

利摩日国立陶瓷博物馆也很著名。它建于 1845 年，以收藏家 debouché 先生的名字命名。他在去世前将自己所有的瓷器藏品都捐给了市政府。

如今，经过不断充实，在这法国顶尖的瓷器博物馆里，完整地展示了利摩日及别处出产的巨量瓷器，从搪瓷到陶瓷。一万二千件藏品囊括了欧洲几大瓷器产地的瓷器，当然，也有部分中国瓷器展出。

下

回眸巴黎

自驾法兰西

# 概念中的巴黎

任何时候，当我们谈及法国，脑海中最先浮现的，几乎一定是巴黎。毕竟，她是法兰西的首都，是法兰西政治、经济、文化甚至一切方面的中心和"形象大使"。巴黎之于法兰西，就仿佛一个人的头脑或心脏，甚至可说是一个神一样的存在。故而她自然也是居于巴黎的我，驾着汽车在法兰西四处游走的出发地和归宿地——说到这个，请容我穿插一个小细节：在我多次出入巴黎尤其是傍晚回城的驾行中，几乎总是碰上堵车，有时还堵得相当厉害，以至有一回个把小时的路三个多小时才走完。这是出乎我意料的，同时也可想而知是正常的。巴黎这座举世闻名的世界历史文化名城，尽管也有着花之都、光之城、浪漫之都、时尚之都、美食之都等等"雅号"，毕竟首先是一座繁华的现代化大都会，必然

也就免不了与经济发展如影随形的种种大都市病。堵车也就在所难免了。

同时，我的自驾之旅也并不限于法兰西的"外省"。

我在巴黎居住期间，也经常会以居处为轴心，自驾穿行于她的大街小巷、市井坊间的一些"旁门左道"。当然，我也会步行或借助（首先是为了体验）其他交通工具如地铁、公交巴士在"大巴黎"范围内尽可能深入地漫游。

所以，我的笔触不可能遗忘巴黎。

然而，描述巴黎那些几乎已是尽人皆知的著名景点或名胜古迹，在我看来既是笔力所不逮的，也是不太必要甚至是吃力不讨好的。许多人或许没去过巴黎，却完全可能通过网络或书籍，早已对那些脍炙人口的景观和历史人文如数家珍了。何况，我这人生来就有点怪，到

任何地方旅游，兴趣从来不在那些游人"必到"的著名景点上。相反，有时越著名的景点我越不感冒。我甚至有过一个半真半假的玩笑式的说法：任何地方，凡是圈起来卖票的景观，我都不想去。或者说，可去可不去。因为那在我看来，因其太"著名"，反而意味着没有多少独特性或曰稀罕性，却有着太多诸如排长队、如厕难、人头攒动、相机如林的煞风景之处，所以不去也罢。

当然，我因此而常常为人诟病，许多人会说：难得来一次的地方，不看多么可惜。我却依然顽固不化。且不说许多景点根本就是前看后忘，单就不看可惜而言，世界那么大，你就是跑上八辈子也看不过来，多看一点，少看一点，并无太大的差异。

其实，正所谓"各花入各眼"，人总是各有所爱的。我更爱看的是那些自然的、别致的、凡俗的、清净的或市井气息、烟火味浓郁些的地方。所以我在旅游中常常不愿意踏进那种万众必进却和别处差别不大的大教堂，在其外围欣赏一番后，我便会拐进她背后的小巷子里，去看看社区小民爱去祈祷的小祠小庙，或者某一所古色古香的老房子、小花园及鲜为人知的小雕像，并且拍几张小老百姓的家常照。

因此，我这本小书中的巴黎，将主要是细节中的巴黎、市井中的巴黎和不太为人在意的小角度小风情中的巴黎。而这，或许也将有助于读者们对巴黎有个更丰满的印象也未可知呢。

当然，巴黎的基本面貌及其代表性景观也是不可忽略的。所以我将先对其做一概述，配几张图片，以提供您一个基本观感，庶几也可为这小书壮壮声色。

　　"Jet'dime, Paris！" 巴黎，这块据说在史前时期还藏在海平面下的土地，在建城两千多年后的今天，其名字早已如闪闪发亮的星辰一样，照亮了整个世界。现今的你，只要踏上巴黎，便可以在热闹的蒙田大道纵情购物，也可以去塞纳河边随兴散步。如果你想去米其林餐厅尝尝法式大餐，或者去左岸喝喝咖啡，或者还想去卢浮宫看看大卫的英姿和蒙娜丽莎的微笑，那么你就迈开双腿吧——我们这颗蓝色而迷人的星球上，别处或许也可以，但巴黎却一定可以满足你种种奇形怪状的生活期许。

　　首先，巴黎的建筑是很美的。美就

美在她的形式别具一格，且有着别致的色调，多为黄墙或灰墙青瓦。从这些建筑里走出来的法国女人，几乎个个风情万种，自然也值得欣赏。而法国的男人其实也是相当引人注目的，气质不俗，衣着也多半光鲜亮丽。

巴黎最有风情的自然就是香榭丽舍大街了，琳琅满目的名品店，每日、每时、每刻都吸引着熙熙攘攘的来自世界各地的人群。而香榭丽舍大街的一头紧连着巍峨壮观的凯旋门。凯旋门四周，就是那巨大的环岛。这环岛分叉之多，不熟悉的人很容易迷失在其中。而环绕着凯旋门以及周边的道路的，居然还多是中世纪以来用小方砖铺就的，也就是所谓的比利时石板路。这些石板路基本都是以10厘米见方的厚石块铺成，砖与砖之间的接缝差不多1厘米，而且砖面也都不是很平整的，这块砖与那块砖之间也不是平整的。道路也因而光亮而略有起伏，仿佛一件古董油光光的包浆般，折射着历史的沧桑。较之如今许多大城市平整划一的柏油马路，它反而形成一种别样的美感。

巴黎本身，从最早的河心岛，到被塞纳河划分为左岸右岸，在经历数次扩张后，如今已经有"小巴黎"及"大巴黎"之分——小巴黎指的是划为20个区的传统巴黎市区，人们耳闻目睹的大部分景点，比如埃菲尔铁塔、卢浮宫、巴黎圣母院等都位于小巴黎。

大巴黎则是指小巴黎加上周边的7个郊区省份组成的"法兰西岛大区"，全部人口有两百多万。大巴黎也有不少值得一游的地方，比如凡尔赛宫、枫丹白露宫、迪士尼乐园等。需要说明的是，在法国，"地区"和"区县"的划分，主要是为了便于投票或选举，并没有太多实际的作用。而日常的市政建设和管理则主要由"大区"、"省"或者"市镇"协调负责。

巴黎作为法国的首都和最大城市，位列欧洲三大都市之一，又与美国纽约、日本东京、英国伦敦并列为世界四大城市。与时尚之都米兰一样，巴黎也是世界的时尚中心。

法国人的传统习惯，还把整个法国分为"巴黎"及"外省"，于是人群也就有了巴黎人及外省人（或也含有"乡下人"意味）之分。

通常，巴黎人给人的印象是时尚、高雅而浪漫的。感觉有些小资、都市气息、傲慢甚至也有些讨厌、古怪的脾气——事实上，相对于外省或大巴黎，小巴黎的人也多少有些沾沾自喜或优越感。当然，大小巴黎或"外省"这种区分，其内涵并不严谨，甚至不太正确。

再者，从人口结构来看，今天的巴

黎是世界上除纽约之外的第二大熔炉，来自世界各地的人种和民族混杂而居，以至于某项研究认为巴黎的纯种法国人连7%都不到。有人甚至说，如果你在巴黎旅行一趟，很有可能连一个纯粹的法国人都碰不到——关于这一说，以我的经验来看，真的不算太夸张。至少在我的视野里，谁是"法国人"，谁是外国白种人，并无明显的分别。

巴黎还有一个"特色"应该提及，即去过巴黎的人都知道，那儿的罢工简直是家常便饭，几乎每天都有各种不同主题、不同职业、不同规模的罢工。你刚出地铁，或许就发现公交工人正在罢工。好在，他们的绝大部分罢工，与一些偶然发生的示威游行或暴恐活动有很大的不同，并不太影响游客或市民的生活，往往要不了多久就结束了，反而能让人们更深地感受这个多少有些奇特的城市。

可贵的是，巴黎人乃至全法国人，虽然有着令他们引以自豪的历史文化，但对各种外来文化也有着极高的包容度。比如巴黎有着全欧洲最大的非欧洲文化艺术博物馆，另外还有两个亚洲艺术博物馆，其中集美是欧洲第二大中国艺术博物馆。因而巴黎人在周末除了家庭休闲，也很爱逛各种博物馆。饮食文化上，虽然只有法餐进入了世界文化遗产，但巴黎却也包容了几乎世界各国的美食。

从古至今，巴黎是世界各地年轻人最爱去追逐梦想的地方。他们在这里满足过憧憬，自然也曾收获过失望。然而不管怎样，正如利尔克曾说过的："巴黎是一座无与伦比的城市。"

然也。

所以巴黎至今仍被许多人视为一个梦幻之地，一个浪漫小资的汇聚地和发源地。任何人在巴黎街头哪怕只是喝喝咖啡或懒懒地晒晒太阳，都可能感受到这里的艺术氛围，时日稍长，也就多半会几乎是无条件地爱上这个城市。爱上她的浪漫，爱上她的时尚和文化，爱上她的包容与大度。

当然，巴黎的经济水准也是可圈可点的。她的GDP早已超过一万亿美元，并超过法国GDP的四分之一。巴黎的纺织、电器、汽车、飞机等工业都非常发达——比如我们南京的地铁刚开通时，选择的就是世界级大公司阿尔斯通的列车。巴黎的其他公司，如时装和化妆品业更是举世闻名，其产品畅销全球。

巴黎不仅是法国最大的工商业城市，也设有许多世界性的大银行、大公司、大交易所。

那么，不妨就来重温一下巴黎那些我们熟悉的标志性景观吧——

凯旋门

卢浮宫

凡尔赛宫

塞纳河

埃菲尔铁塔

火灾前的巴黎圣母院

蒙马特高地圣心教堂

巴士底广场

协和广场

艺术桥

先贤祠

巴黎爱心墙

老佛爷百货公司

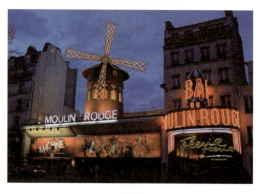

红磨坊

# 星光里的巴黎

无论在哪个城市，就白天和夜晚而言，我总是偏爱那里的夜色或凌晨时那分外清宁安谧的情调。不仅因为扑朔迷离的夜色如魔法师般幻化着市容，给人以特殊的美感，更因为任何地方的昼与夜，总是两个区别很大的时段和氛围。夜色不仅淹没白天的喧嚣、污浊和纷乱，易使人想入非非，甚至也改变了人们的心情和节奏。

稍稍留心，你也很容易看出，即便是同一些人在街头，夜晚的衣饰、神态乃至步幅都会与白天有所不同。所以，游历某地而不尽量领略一下此地的夜色，在我看来简直和没来一样遗憾。这也是我居住巴黎时，每天总要出来溜达一圈，逛逛夜市的原因。

不过，当此时，我脑海中缤纷闪烁的，并不限于巴黎之夜的感受。我曾经游历过的法国外省或罗马、柏林乃至荷兰小城哈尔莱姆的缤纷夜色，也会争先恐后地闪烁于眼前，让我难以取舍。部分原因是，作为匆匆过客，你不可能把某地体味得很深。因而欧洲这些个城市的夜色，从异乡客眼里看来，其表象的建筑、人文景观及氛围都有许多相似之处。最突出的是，就我的活动范围而言，

她们都显出温馨而颇有些神秘、有时甚至有些诡异的色彩，全无印象中如东京或国内一些现代都市的那份紫焰烛天的光怪陆离。

无论在巴黎市区还是外省城镇，你似乎看不到多少霓虹或喷红吐绿的巨型广告。许多街巷上那中世纪汽灯般的铸铁街灯，将橙色的光芒静静地染向同样古老的尖顶教堂或挺立着许多青铜骑士的喷泉广场。巴黎的广告牌固然也不会

少，但总体看来大多小而羞涩，且不少是灯箱。色彩也和店招一样，多半是柔和的乳白或金黄。有点暧昧的是小街小巷中的舞厅，其灯箱虽小却变幻着刺目的色彩，出没者也多为白天少见的"朋克"族类。

比起国内来，巴黎街头更少的是行人和喧声。也许他们都躲进午夜时也感觉不少于白天的汽车里去了。而穿梭不断的汽车虽多却并不鸣笛，反而大马力的摩托狂飙而过的尖嚣令我难以消受，但无论街头还是巷尾，违章建筑或摊点基本是绝迹的。人行道上除了一些报亭和随处可见的水果摊、花店外，看得到的多是整洁有序而气氛欢快的街头酒吧和咖啡座。

遍布的街头酒吧，无疑是最具温情的都市夜景了。巴黎的悬铃木影下，明亮的灯光、闪闪发光的刀叉、芳香四溢的大号啤酒杯和宾客们红扑扑的脸膛交相辉映，但人们大多似在窃语，因而仍不觉喧闹。时而有几声笑语划破深蓝而云团攒动的夜空，便引来路人好奇的注目。街头咖啡座上，偶尔也会有一对青年离席起舞，为他们拉手风琴的是个圆滚滚的黑人老头，观者礼貌地鼓掌，深受鼓舞的他摇头晃脑，快活的琴声又引来几个吮冰淇淋的女孩，她们的花短裙在多彩的夜风中飞舞……

这种时候，作为游子，你的思绪不可能不频频飞越时空。我一面叹羡流连，一面竟又常常会奇怪地生出返乡的渴望。夜晚独特的情韵，常会令我变得敏感而多愁善感起来。有回晚上，在巴黎的公交车上，我无意中一仰头，竟发现窗外飞掠的楼群的魅影之上，正幽幽地卧着一轮月亮！月亮本是寻常物，东西方顶戴的原是同一个它。人有悲欢离合，月有阴晴圆缺，亦是全球的共识。但因曾有过东西方的月亮究竟哪个更"圆"之争，初来巴黎时，我一直好奇地想看上它一眼。却不知怎的，好几回晴夜有心举头，却因视角关系吧，总也觅不着它的芳踪。不意今夜却一睹其"西方"风采——那模样自不必细绘，你见过啥样它就是啥样。但于此时的我，却仿佛那清冽的晕晕里别有一番韵味，不由得默凝着它，好一阵出神，不由得顿悟般意识到：何以在游子心目中终觉"月是故乡明"？只因那儿还留着他的灵魂、他的影。无论世间何处，只要是和平而友爱的，都不乏诱人的特色与美感。而那份特能撩拨游子之情的神秘氤氲，原是一种人类共通的人性之美。就像夜幕中那远浓于灯彩的人情味儿，那不求相类、只求拥有更多美好"夜色"的期盼。

有时候，我也会在几乎还空无一人的后半夜乃至凌晨，幽灵般独自晃荡在巴黎的街头。这是因为每回初来巴黎，我总有好几天困于时差而早早醒来，与其百无聊赖地在床上辗转，不如起来去外面转转。

此时的巴黎，犹在沉睡中。虽然这是预料中的事，但独自一人置身这异国他乡、空荡荡而静寂得有几分异样的境界中，感觉毕竟还是有点怪怪的。不过我并无恐惧之感。相反，我还曾想起NBA那个神一样的科比，一个在篮球界让人畏惧的男人。我记得那段著名的记者采访，记者问的是："你为什么能如此成功呢？"

科比反问道："你知道洛杉矶凌晨4点钟是什么样子吗？"

记者摇摇头："不知道。那你说说洛杉矶每天早上4点钟究竟什么样儿？"

科比挠挠头，说："满天星星，寥落的灯光，行人稀少。"

说到这里科比笑了："究竟怎么样，我也不太清楚。但这没有关系，你说是吗？每天洛杉矶早上4点仍然在黑暗中，我就起床行走在黑暗的洛杉矶街道上。一天过去了，洛杉矶的黑暗没有丝毫改变；两天过去了，黑暗依然没有半点改变；十多年过去了，洛杉矶街道早上4点的黑暗仍然没有改变，但我却已变成了肌肉强健，有体能、有力量，有着很高投篮命中率的运动员。"

——虽然我远不能望科比之项背，甚至我也像多数人一样，几乎没有在凌晨的黑暗中行走过，但我却体验到了巴黎凌晨的样子。

巴黎凌晨的黑暗中也没有科比在，只有和洛杉矶同样的黑暗，但这种黑暗是正常生活的一部分。它所暗示的，至多只有孤独和寂寞。何况总还有几个环卫工人开始了他们的清洁工作，还有显然总是不眠的药店，开着小门，亮着似乎永远不会疲倦的灯光。说到这点，巴黎的药店真够多的，有些地方简直就是三步一家、五步一处。这应该和他们的医疗制度有关。医院通常只管治疗和开

处方，人们自行到药店去买药。

那些环卫工人相比国内，有些"高大上"。他们的作业方式完全是机械化的。工人们神色自若，全无丝毫卑怯感。他们穿着统一的黄绿相间的工作服，而且似乎全为男性，且有不少中青年，或手持一柄长方形的吸尘器，沿街将烟头纸屑轻松地吸入囊中，或开着清扫车，悠悠地逡巡而过。

渐渐地，天边隐约现出曙色。黑褐色的夜幕快速变幻成蛋青色和紫红色，从这时开始，行人渐现且不断增多。他们多半衣冠楚楚，行色匆匆，很少有人言笑。显然他们匆忙地赶着去搭乘公交

或地铁上班。这时候，街上的小汽车不多，骑自行车的也很少。很快，络绎不绝的人流中，打扮得漂漂亮亮，紧随着大人去上课的孩子明显多起来。不少孩子甚至他们的父亲，都会蹬着滑轮车，飞一般掠过眼前。

当然，熹微的晨光中也会有悠闲之人。他们往往牵着一条或好几条品种不俗的狗儿，以老人或年轻女性为多。年轻女士往往还手端一个咖啡杯或果汁杯。有人还会停下来，倚着墙壁或商店橱窗点上一支烟，狗儿则乖乖地站在边上等候着她。

说到遛狗和抽烟，我得说说巴黎给我的另一个比较特别的印象，即其街头有三多：花店多、药店超сел市多、狗屎烟头多，尤其这后一多，我不能不遗憾地指出，巴黎街头虽然常见提供遛狗者拾粪袋的设施，但大清早的街边还是看得见东一摊西一堆的狗屎或烟头——烟头估计主要是半夜里在街头嬉闹、扎堆喝啤酒的年轻人扔下的。而巴黎乃至欧洲许多地方，抽烟者给我印象总是女性居多，尤其多见年轻女士。这或许也和爱养狗一样，是一种时尚表现，或许也在某种侧面反映出法国人浪漫不羁的民族个性吧。

对了，我来巴黎常常是在圣诞节前后。此时，夜晚的巴黎会平添许多节日

的气氛,处处都装点起彩灯闪烁的圣诞树和临时扎制的圣诞老人像。许多人家的窗外,会装饰一个正在爬窗户的圣诞老人像,让人看着颇觉温暖而有趣。

当然,巴黎之夜乃至通宵达旦,不得不再提一下的就是,那些为数不少的、让我难以理解的大马力摩托车狂飙而过的噪声。真不明白那些奇怪的飙车族是怎么想的,有的摩托车据说比高级轿车还要贵好多,这些年轻人却是这般偏爱。偏爱也就罢了,为什么还要不顾危险狂奔乱窜,故意在深更半夜发出想必不会为大多数人待见的喧嚣声!

不过,话又说回来,不管什么原因,巴黎实在还是一个摩托车的世界。专卖店很多,世界各国什么品牌都有,而且

满街奔驰的摩托车看着乱，其实颇有规矩。白天的车手们大多很遵守交通规则，不抢行不闯灯。在人行横道上也绝对是礼让行人。而巴黎开汽车的人也很尊重摩托车（没准他们停下汽车后，也会换上一辆摩托车），不跟摩托车抢行，且会将最里侧车道和第二条车道之间留出空间，让摩托车行驶。无怪巴黎的摩托车速度都非常快。大家懂得互相礼让，也就造就了良好的交通环境。至少我在巴黎居住那么些天内，从没在大街上碰到一起交通事故。

巴黎政府方面，显然也较照顾摩托车爱好者。到处有专门的停车位给摩托车停放。所有的车都是车头向外，排列得整整齐齐。和咱们一样，巴黎也早就有了骑摩托车（这里没有电动车）送餐送快递的，可是我没见过他们有违章乱窜的，也没见过一辆肮脏、破旧的车，车身基本上都干净而锃亮。

# 地铁里的巴黎

　　密如蛛网的巴黎地铁，简直就像巴黎百年史。因为巴黎在1900年就诞生了第一条地铁线，并且运行至今，已120年了。目前，巴黎地铁的总长度达200多公里，客流量也居世界第13位，共有14条主线和2条支线。

　　然而，刚在巴黎坐地铁的时候，实话说我竟有些恐惧和迷茫。恐惧的是它的站内世界太复杂，尤其换乘路线，曲里拐弯的，有时要走十分钟，而且满眼只见法语指示或站点示意，没个明白人带领，我绝对走不通。还有，没有人会闲着没事到地铁里来闲逛，所以出现在地铁里的人多半总是行色匆匆，在国内我习以为常，并不觉得有什么挤迫感。而在这感觉陌生、人种混杂的异国的地下世界里，尤其在高峰时或拥挤的进出口时，你身边满是些黑的白的黄的各色

人种会聚而成的"人河"，我常常会感觉自己是被它裹挟着身不由己而仓促地流动着，一时间竟忘了自己是谁，又为什么来到这个陌生的地方……

　　让我迷茫的则是，某些情况完全超出我对一个发达国家的预期。相对于国内地铁的明亮乃至金碧辉煌来说，巴黎有些地铁站内完全可谓是阴暗、老旧、复杂、混乱。

　　儿子解释说，这是因为法国地铁的历史太长了。100多年前的地下建设，肯定没有我们30年前的理念先进啊。所以，它真可视作一部巴黎近百年发展史的象征体，新旧杂陈，传统与现代并肩。

　　我释然。经历多了，果然发现它也有不少站台是比较气派而堂皇的（比如卢浮宫站）。

　　总体而言，巴黎的地铁车站并不讲

求气派，但是每个车站又是各有特色的。比如巴士底车站的墙壁上，贴满了攻占巴士底狱的图片并摆放着一些历史文物，俨然让你接受一回"革命传统"教育。而罗丹博物馆附近的车站，则竖立着巴尔扎克和罗丹的雕塑，仿佛一座艺术课堂。卢浮宫车站直接与卢浮宫入口的玻璃金字塔相连，装饰得也很特别。还有的车站装饰得如潜艇，或陈列着衣帽鞋等商品，主题不一，构思迥异。但有个共同点是，每个车站上下都少不了大幅广告画，以时装、化妆品广告为多。广告的设计也都匠心独运，但其模特还是以年轻漂亮的小姐为主，穿得很少或干脆就是一丝不挂。

其实就现代性而言，巴黎地铁也不遑多让。比如从2019年3月开始，中国游客就可通过微信支付来购买巴黎地铁交通电子票了。

巴黎地铁的出入站口都是无人检票的，仅有一排检票机，所以会有些年轻人翻越检票机以逃票。我就亲眼见过两个小伙子进站时，就当着一个地铁女员工的面，双手撑住闸墙一跃而起，跳过闸栏，公然逃票。那女员工竟视若无睹。当然，可能是因为她的职责不在于此，自有一些专职抽查的工作人员会埋伏在一些出站口的过道内杀你个措手不及，一旦逃票者被抓，就是不菲的罚款和信用损失。

巴黎地铁的车厢同样也是新旧并陈。新车厢如我们的地铁车厢般宽敞明亮，老车厢则狭窄得多，里面的座位是如公交车般前后排列的。最有意思的是，你到站时，需要拉动门边一个铁闩，自行开门下车。

地铁上的乘客也是黑白混杂，各色人种都有。偶尔也会有几个法国人对我投来一丝好奇的目光。但与国内明显不同的是，地铁上凝神看书的人颇多，而看手机的人相对国内则很少。大多数乘客都安静地坐着，或打一会儿瞌睡。即便有人交谈，也有如他们在餐厅一样，大多轻声细语。当然也会有人用手机打电话，但我并没有碰见一个乘客抓个手机当众哇哇大叫的。

老车厢的门口处，通常有四个对面相向、没人时则翻起在车壁上的座位。这可能就是我们的老弱病残专座吧。车上人多时，这种座位上的人都会自觉站起来，让给他认为更需要照顾的人。

有个经历我至今记忆犹新，那就是有回我尝试独自乘地铁时，和一个可能是外省老头间短暂的"交流"。

说他老其实是不公平的。细看他不过五十开外，明显的高卢人脸型，架着副黑框眼镜，加上头已半秃，看上去才觉老相，却也给我以和善感，以及一种老派绅士感。他拎个公文箱，大热的天仍西服革履地出现在我的对座。这趟车上的人不多，他却仍先向我微微一笑，似乎征询能否坐在这里。我不禁有些惶惑，因为那座位可不是我的。他坐下后，可能是习惯性地从衣袋里掏出一个烟斗，但随即醒悟，又把它塞回袋中。同时，他向我耸耸肩，挤了挤眼睛，表示不好意思吧。我笑着点点头表示理解他的心情。我们的"交谈"就此开始了。

"空帮哇？"他连说三遍，我才明白他把我当日本人了。赶紧用仅会的几个英语单词回答："Chinese，China。

"哦！培（北）京！向（上）海！"

"也斯！"我说，"江苏，南京！"无奈他并没听懂我后面的意思，比比画画又用法语咕噜了一通，见我一概回以"NO"，他失望地摊了摊手。沉默了会儿，却又突然迸出个"马马虎虎"来。我猜他应该去过中国，想问他却又开不成口。愣了一会儿我索性用中文说出我的种种想法。老头一头雾水地听着，却也连比带画神采飞扬地用法语"回答"着我。就这样，我们似乎找到了沟通的办法，就是连猜带估，各说各的，管你懂也不懂。不知情者，还以为我们谈得挺投机呢。而我们的确很兴奋，二十分钟一晃而过。以至地铁在一个站上停下好一会儿，老头才猛醒地抓起皮箱，招呼也没打就冲下车去。我追到门口送他。他因此而大为激动，一把握紧我的手，使劲摇了几下，差点把我拽下车去。望着他远去的背影，抚着生疼的胳膊，我心头隐隐有些怅然。人生有种种困境，没想到语言的障碍也如此令人无奈。"交谈"了这半天，我们连彼此的名姓都没弄清。

然事后想来，其实我们的邂逅还真够"默契"的。虽然所谈可能南辕北辙，但我们都从对方的眼神和手势中，清楚地读懂了那人类间任何种族或语言的隔膜所无法消解的两个字：友好。而一个人无论有多窘困，获此二字者，不亦足乎！便浪迹天涯，又何惧焉？

巴黎的地铁似乎不禁止行乞或卖艺者。我曾见人在地铁车厢里演奏小提琴或手风琴、吉他。一曲完毕后在车厢内巡回一周，又去了下一节车厢。也有人在地铁出入口处守株待兔，空旷的地下空间，悠扬的乐曲声回旋，别有一番氛围。有回还碰见几个并无演奏技艺的，一上车就来一通演说，据说内容不外老婆有病就是孩子一大堆家里等米下锅云。演讲结束后也是在车厢内巡回一周，愿者上钩。

# 细节里的巴黎

记得列宁曾说过："现象是河水上的泡沫，本质是深流。"那就让我们也通过街头的"泡沫"，来看看另一个层面上的巴黎吧。

将西方视作人间天堂，无异于痴人说梦。说西人都很文明，也不够实事求是，我就亲眼见过僻巷里厉鬼似的酒鬼和往臂上扎海洛因的。一些街道也远不如想象中那么整洁。但若说主流的西人文明程度颇高，还是较中肯的。这与他们特有的历史、人文、宗教等熏陶分不开，也与法制环境健全有关。换句话说，某些文明是逼出来的，是制约的产物。如过人行横道，尽管没车，多数人还是耐心等绿灯亮起再过。而面对绿灯，过往汽车也都会主动停下，让行人先过。这首先是文明习惯起作用，其次，谁都明白违章的后果是难以消受的。

西人给我的好印象中，还有颇深的一点，即我所接触过的，多数都很热诚。譬如问路，西方的街区对外人无异于迷宫，公路也错综复杂，当地人开车也免不了查地图或问路。而我们所问的人中，无一不热诚指点。有人还不厌其烦地蹲在地上画出详图。有人把我们带出好远。有个顺道的，干脆跳上车来，一路指点。

还有些有趣的片段，颇让我感受到巴黎人某种讨喜的个性及文明性。有天我独自挎着相机逛了半天街。见到喜欢的背景，便请路人帮忙揿一张。我第一个请的是泊在站旁候客的的士司机。我请他就在车内随便揿一下就行，他却非走出车来不可，还一丝不苟地将相机横来竖去反复取景，以至一个本该属于他的客人上了别人的车，倒让我老大不过意。

在一个街头酒吧，我想以一伙快活地喝啤酒的老人为背景，那帮忙照相的人，顺手拉我在他的位子上坐下。有人塞给我杯酒做样子，拉手风琴助兴的酒保则特意绕到我肩后……

还有一回，一个瘦高个明白我的意思后，脸竟涨得通红，横看竖对照完后，连连比画着不停致歉，大约是拍不好请多包涵吧。另一个大肚汉拍完后则直拍肚子，向自己大竖拇指，显然是自夸技术高超。

多少让我有些哭笑不得的，是个高大而满面青胡茬、活像某二战影片中鬼子兵的熟食店老板。此公热心过头，无疑还因为见识过很多当今日益增多的中国游客，他居然还会不少用起来驴唇不对马嘴的中国话。当时我正在颇见特色的集市上东张西望对角度，打老远传来一串洋腔洋调的"你好、再见、谢谢"，扭头一看，他主动向我做着按快门动作，"莫名其妙，有没有，不贵……"我将相机递去，他却双手往柜上一撑，做明星状，让我先给他来一张。来罢了，一头拱出来，我想要的景他不取，却将我拽出老远。拐角里确实有个不错的古堡状的遗迹，这老兄"欢迎、高兴"着，不由分说将我扯向这地儿、拽向那地儿一连来了好几张！

我过后翻看，只见相片里的我笑得一脸灿烂——也正常，面对如此热心爽朗的"洋鬼子"，你焉能不乐？至于我给他拍的那张相片，也许是他作秀功夫还不到家吧，反不如帮我照相时，那一脸天真烂漫的笑来得可喜了。

人有一时之急，此可谓中外一体，概莫能外。没料到头回游巴黎时，我就为这不雅之急而出了回"洋相"。凡尔赛宫无疑是令人着迷的地方，某种角度看，却也是令人着急的地方。那天游人之多，简直人山人海。光排队进门就费了个把小时。里面那绘画、珍宝之精奇、浩瀚，更令人瞠目结舌。路易王族之奢侈、炫富，非亲历无法想象。一小时下来才逛了小小一角，以至挤在门窗紧闭而水泄不通的人潮中，我忽生一种"精神厌食感"，简直想逃到外面去透口长气。此真乃过犹不及，不知路易王族成天生活在这样一个艺术宝库中，如何消受得起？

当然，想逃离的另一大原因是：我忽然内急难忍。时间长是个因素，精神紧张才是主因。这么大个地方，仅在入口处才见到一个排着百米长龙的方便之处。我期望出了宫殿就好了。不料宫外是一个白沙漫地、其广无比的御花园。景致美不胜收，独独少个公厕。更要命的是喷泉处处，飞珠溅玉，条件反射令我之压抑陡升至顶点。我不顾同伴要我照相的招呼，埋头狂窜，可直到花园外仍是绝望——幸而法国处处绿树成林，于是抛却体面，看准棵无人的大树直奔而去……

才松口气，头皮忽又一紧。脑后传来阵急促的脚步声。刚叫得声苦，暗忖受罚事小，我煌煌中华子民，要给国人丢回脸了。却见个大胡子老外，比我还猴急地拱入树后，哗哗狂泻——我得承认我这回洋相出得太不得当，却也不得不遗憾地指出：在如此一

个热闹的景点，法国人为游人考虑得未免欠周到些，以至那小树林成了远不止我一个人的救急之处。

——不过，既说到"出口"，就不妨再说几句"进口"的事吧：

巴黎号称美食之都。按说这是好事，"食色，性也"，我在巴黎也专门到名店品尝过他们驰名天下的"国菜"蜗牛、鹅肝之类。其味我并不敢恭维，好在那只是偶尔开个洋荤而已。对我而言，

始终存在一个无解的问题，即我天生一个顽固不化的"中国胃"，对西餐无福消受。好在巴黎到处都有中国人开的餐馆，或专卖中国风味食品的熟菜店，从鱼香肉丝、麻婆豆腐到大蒜炒猪肝，应有尽有。你大可尽情挑选，堂吃或打包皆可。儿子家中也有电磁炉等炊厨设施，我可从什么都不缺的超市买米买面买酱油调料，自己做饭吃。

不过巴黎的面包店颇得我欢心，尤其那遍布街头巷尾的大小面包店里，家家都有烤得十分道地的各式面包和"法棍"。这法棍面包是老百姓的主食，清晨或傍晚，你随时可见巴黎人腋下夹根长长的"法棍"招摇过市。这个食物特别对我胃口，成了我固定的早餐。它有甜有咸，吃起来略带国内烧饼的风味，而且现烤出来的有喷香松软地道的特点，诚与国内买的大不一样。

至于自驾到外地时，虽然我们也可在租屋内自炊，毕竟还得以吃西餐为主。这又有一个情况让我不太适应，即欧洲人可能都是这样，吃顿西餐简直像跑马拉松，特别费时。通常一道前菜、一道主菜加个甜品，却经常要吃上一两个小时。老外们分明习见不惊。吃一会儿，聊一会儿，耐心等着下一道菜，似乎这是理所当然的，而吃得慢者，前面的菜没吃完，餐馆就不上下一道。

他们吃饭时还有个让我们理解却始终难以认同的特点，许多人会用面包蘸擦盘中残汁，吃个精光，还习惯当众大吮手指，似乎舍不得那些微的美味。

不过，这西餐道数虽少，其内容却不可小觑。因为菜品分量很足，看着不油腻，其实脂肪很高。比如我们自驾到科尔玛小镇时，这个曾经是德国领地的某餐馆里，有道当地名菜：科隆猪腿，一人份就是一整个猪蹄髈。这可真是款能让人大快朵颐也不免目瞪口呆的硬菜——它选用厚实的猪后小腿，先用香料浸泡腌制，然后放入蔬菜汤里炖煮，最后再经炭炙或果木烟熏。烤好的猪肘酥脆而金黄油亮，口感耐嚼富有韧劲，里面的猪肉汁水丰盈，嫩滑入味。

正在我涎水暗涌之际，我的天！端上来的竟是个连皮带骨的整猪肘！别说吃完，看着就倒吸一口凉气。偷眼望去，却见邻座两个洋人气定神闲，刀叉轻舞，连两个硕大的土豆配菜都一扫而空，让我彻底服了"西洋胃"的厉害。表面上看，他们用餐并没有七盆八碗，实际上那每道菜都是供一人用的，结实而高脂高热。法国食物精细诱人，就说奶酪，也多达几百个品种。总计起来，他们每天吞下的黄油和奶制品、肉食委实太多。难怪满街常见牛高马大的人儿。不过据我观察，正宗法餐还是比较健康的，法

国人中超胖者的比例比其他欧美人要少。

鲁迅说西洋人都是肉食动物，因而其性格都带有些兽性。中国人多是食草动物，性格中也多了些家畜性。此言于今来看，未必准确。毕竟今天国人的膳食结构也大大西化了。只是比起"西洋胃"来，到底还稍逊一筹。不过客观地说，我觉得西人中胖子多，也不尽是饮食原因，基因应是主因。且战后社会承平较久，他们的生活普遍优裕而闲散。这从城里花店处处，许多还是通宵营业的可见一斑。乡村则家家都在房前屋后种有美丽的花卉，令人心旷神怡。高度机械化又使他们极少付出体能，从而享乐主义甚嚣尘上。这从满街遍布的咖啡馆亦可见出。从早到晚，你总能看见那么多人悠闲地坐在那里望呆。而海滩上也满是闭着眼睛晒太阳的人群。他们坐得住，躺得下，深层原因或许还与他们的信仰有关。许多人相信还有一个更加美好的天堂在等着他。这大大消减了人生最大的恐惧：死亡的压力。心宽了，体能不胖吗？

然而，后来当我有机会涉足波兰的奥斯维辛集中营时，照片中成堆的尸体，幸存的囚徒则个个骨瘦如柴，我的认识又动摇了。他们不也有宗教信仰吗？实际上，当炮火连天之际，满世界你见过几个脑满肠肥的人？唯有不断争取和促进世界和平与安全，才是一切的根本啊！

刚才我提到咖啡馆。这个现象虽然不是巴黎特有，但的确是个很值得说说的话题。

我去过欧美多国，也在巴黎长住过几回。一个越发清晰的感受是，倘若没有遍布这些国家街头巷尾的咖啡馆，他们的风情魅力怕是要大打一个折扣呢！

去过欧洲的人应该不会否认，在那里，无论是巴黎、罗马、阿姆斯特丹这样有文化又有历史的大城市，还是尼斯、波尔多、拉罗谢尔这样的中小城镇，乃至几乎每个村庄、每条街边、每个街角几乎必有咖啡馆。你一路走去，每时每刻都在沐浴咖啡的浓香。

我也曾去过突尼斯这样的北非国家，因为受过法国殖民影响吧，其大小城镇，也无不处处咖啡飘香。只不过突尼斯的咖啡馆有点像我们的茶馆，许多人会在此打扑克，玩一种类似麻将的骨牌。还有一些中老年人在大吸其形好似炮弹、拖着一根长长软管的阿拉伯水烟。

咖啡对欧美国民而言，无疑是如空气、黄油、面包、冰矿泉水一样，一日不可或缺。他们已将咖啡无论是文化还是加工都发挥到了极致。无怪会有"我不在家里，就在咖啡馆。不在咖啡馆，就在去咖啡馆的路上"之说法。当年来过法国的徐志摩甚至认为："巴黎如果少

了咖啡馆，恐怕变得一无可爱。"而在我这种分不出咖啡口味好坏的人看来，咖啡口感如何，其是否小资情调象征或饱含缠绵悱恻与孤芳自赏是一回事，其提神解乏之效，其人生加油站之实，已足以让我大大点上一赞。毕竟异乡旅游也是件苦差事，故当别人拖着两条硬腿，排着队出入教堂或满街购物时，我常常会溜号，花一两个欧元，于街头咖啡馆东张西望地泡上一阵，别提有多舒坦。

其实咖啡馆，尤其是那些街头咖啡馆，我觉得它就是一位"惯看秋月春风"的沧桑老人，阅人无数，宠辱不惊。打他面前经过的人，从古到今何止千万？在他怀中厮磨的人物，曾经倾吐过多少心曲？很多还是世界各地蜂拥而来的游客，他们的脸上闪烁着新奇与疲惫，心里揣着的是对这座城、这条街乃至这个咖啡馆的人文流变、风土人情的讶异与欣赏。

真是如此。法国或欧洲的多数建筑、街道无不是饱经风霜的长者。许多几把

椅子的小咖啡馆，都可能祖孙相传，经营了几个世纪，仍是旧时风貌。连桌椅的样式和摆放，甚至也可能一如故往、一往情深。而那些流连于此的各色人等，虽然敌不过时间而不能"两次踏入同一条河流"，面孔则多有相熟悉的。故而百年前的贵族、当下的豪族、朋克乃至乞丐，似乎都会在此相遇。虽然泡在这里的很多也是像我一样腿脚酸麻的天涯过客，一旦别去，便永远只在记忆中重返，但更多的是以此为生活方式的或情有独

钟的常客，其中有慈眉善目的老人、有若有所思的闲汉和忧心忡忡的失意者，当然也有如胶似漆的情侣。小伙疼爱地抚弄姑娘的长发，姑娘则干脆把他的颈项紧紧搂住。卖艺的及时抓住这一美好瞬间，在他们面前晃着身子，拉出"罗密欧与朱丽叶"的醉人旋律……

有时我不免会感叹，异域旅游者，实不可错过街头咖啡馆这一几十年、几百年生动着的观风俗、察民情的美妙窗口。但为什么大大小小为城镇增添着、

渲染着别样之美的咖啡馆可以遍布欧洲街头，而我们的茶馆，却几乎在街头绝迹呢？

——这就是文化差异吧？且不论它。再来看看巴黎乃至欧美街头别一个鲜明特征：鸽子吧。

在巴黎，凡是有人居住之处，凡是有咖啡座或广场等人多的地方，哪里会看不到鸽子呢？这个总是与人和平相处、终日里辛劳不停、这里走走那里飞飞的小小生灵——鸽子，实在是大多欧美国家特有的风景。中心广场不必说，城中几乎每个角落都有鸽子。我居巴黎时，住所周边、房前屋后，一抬头就能看见飞翔在空中或栖息在屋顶的鸽影，一招手就会有几只鸽子以为我要喂食而飞落脚边。

由于长期没人伤害，它们几乎不防人。平时常在街上或人群中大摇大摆地漫步，姿态优雅而雍容，模样漂亮而精神。这些毛色大多呈亮丽的灰绿色的精灵，或专心致志地东啄啄、西叨叨，或睁着那双亮晶晶的绿豆眼东张张、西望望。一见我真洒下面包屑，顿时一拥而至，四面八方都响着扑簌簌的振翅声，有时竟多达几十只。不过它们都很斯文，互相间很少争食或扑咬、挤对——我在巴黎只要外出，口袋里总要带几片面包或一小袋大米。饲喂它们，不仅是我的一个乐趣，更是真心对这些成天辛勤不已的小生灵的一种同情、怜悯——尽管总有人在喂它们，但考虑到它们的数量及四处奔波付出的辛劳，食源恐怕是远远不够的。

"举翼凌空碧，依人到大邦。粉翎栖画阁，雪影拂琼窗。"

　　我喜欢这些小家伙，还在于它们给城市平添祥和、安宁的气息。因此我虽然每天都去喂喂它们，却发现喂不胜喂，感觉国外的鸽子也未免太多了。难怪在俄罗斯时，听说他们给鸽子喂避孕药以控制其数量。我举双手赞成这个措施，只是不知到底有没有效果。

　　在巴黎虽然也常见别人喂食鸽子，毕竟是少数游客或长椅上闲坐的老人，与鸽子的数量完全不成比例。那它们平时都吃什么呀？尤其冰天雪地时，广场或街道上一片萧瑟，四望毫无虫子或草籽迹象。而这些鸽子仍然时刻都在飞上飞下、走来走去地觅食，其体能消耗显然很大，有时见它们啄食处只有些细小的砂粒，根本没有食物，居然还繁殖得这么多。但它们的自然伤亡恐怕也不少。有回在一个喷泉水池台阶下，我发现3只鸽子伏在那里一动不动，以为是睡着了。近前细看，原来都已死了。所以总觉得这些小生灵，表面看活得潇洒自在，实质要比人类辛苦和顽强得多呢。从这个角度说，它们在都市的存在，对我们也很有启迪和励志意义。

无论如何，比起国内的同类来，这些鸽子可谓幸运儿了。上网搜一下鸽子的词条，前面好几条介绍的是鸽子的营养价值及烹调方法。菜市铁笼里关着的，也有蔫头耷脑的待宰鸽子。我在餐厅里也曾满口流油地赞美过烤乳鸽的美味。无怪我们的广场上难觅鸽子的倩影，否则它们也难保不成为人们的盘中餐。

不过我并不想因此过责我的同胞。饮食习惯和文化、审美乃至信仰密切相关。西人多信基督教，而《圣经》中的鸽子，可不是一般的生灵。耶稣受洗时，鸽子曾被当作圣灵。而大洪水时期，挪亚从方舟派出去寻求陆地的，就是鸽子。第一次没成功，七天后的黄昏时分，它嘴里衔着橄榄叶飞回来。挪亚由此判断，地上的大水已然消退。后世的人们就用鸽子和橄榄枝来象征和平。这样的生灵，既神圣又是和平的使者，纪念和爱戴还来不及呢，谈何吃它？

当然，咱虽然没有尊崇鸽子的传统，仅从审美或竞赛、军事作用来看，美丽的鸽子也值得我们高看一眼。何况一切生命本质上都是平等的地球子民，人类并不像有些人自诩的是什么宇宙精华、万物之灵云云。能不杀就不杀、能不吃就不吃一切生灵吧。这不仅是善的要求，也是同为生命所应有的惺惺相惜呀！

# 超市里的巴黎

现今的都市里，或者是小城镇甚至小村落里，无论是国内还是国外，超市都是普遍的存在。超市大大小小，五光十色，货架上无不五花八门、琳琅满目。

我之所以还是要说说巴黎的超市印象，在于我有一个感受：若论看巴黎最好的角度，或许应该是埃菲尔铁塔，登顶极目，真乃一览众山小，古朴而典雅的巴黎尽收眼底。但这毕竟是远眺，你不可能感触到活生生的巴黎之呼吸。而卢浮宫、凡尔赛、凯旋门美则美矣，却已主要属于历史和游客。故以我个人喜好来论，看巴黎最富诗情的是塞纳河畔的漫步，最具画意的是香榭丽舍大街的闲逛，可惜因为时间少及口袋里欧元不多等原因，这样的闲情逸致多少是有些缺憾的。好在还有个在我看来可能更理想的角度，那就是超市里看到的巴黎。

巴黎超市之性质和我们的超市没什么不同，都是人们寻常购物必去的理想而便利的商场。就我所逛过的一些中大型超市看，如退后十年二十年，也许仍有许多可圈可点的独到之处。可现在，开放、繁荣的中国至少在超市的形式、规模、货物的丰富度上看，已毫无逊色之处，所以其本身已没多少让我感觉新鲜的地方。但购物后在里面的玩赏和小坐，却给了我许多远胜于购物之乐的独特享受。

巴黎有那么多脍炙人口的博物馆，但哪一个博物馆能像她的超市这样，荟萃了如此众多的人种呢？在门口这种感觉就更突出了，进进出出的各种人中，男女老幼，黑白黄棕，还有混血的，五大洲似乎都派来了自己的代表，简直就是个道地的人种博览会呢！仅从此角度论，说巴黎是个极开放的都市，是一点不为过的。更突出的还在于，你完全可以从这形形色色的人们之呼吸、神情、扮饰、仪态上，鲜活地感受到一个完整、生动而灵性的巴黎。即在她那典雅、绅士的形象之外，更有着一份出乎想象的率性、随意和豪放不羁的洒脱天性。

我在一家大超市留心观察过，十来分钟里，出没眼前的人群中，有牵狗的、有坐轮椅的、有用个提篮提着个把月大婴儿的、有噙着奶嘴四下乱窜的、有蹬着滑轮穿梭如飞的、有捏着酒瓶不时来一口的，有穿撒哈拉长袍的老妇、有穿露脐装的少女、有穿五彩衬衣的绅士、有上身几乎全裸的淑女。更多的是穿五花八门T恤的，而那下摆有的塞在裤腰里，有的几乎拖到小腿上——就是没几个打领带的，没几个浓妆艳抹或香气熏人的！当时天气较热自然是原因，但作为一个非正式的常规生活场合，人们选择并认可了一种宽容而更宜乎人之天性的生活姿态，无疑是根本原因之一。谁都知道，巴黎是个公认的时装和化妆品之都，那么，何以这儿就看不出所谓潮流或时尚的踪影呢？也许

在巴黎人心目中，大音希声，大雅若俗，越随意的越见个性，而越见个性的才越见"流行"、越显"时尚"吧？正所谓越是民族的，越是世界的呀！

究否如此，我不得其解。但我得说，巴黎的超市像面有趣的透镜，让我更多地感受到巴黎是一个丰沛而深沉的存在。若缺失这个环节，我简直就是白来了一趟巴黎。而就个人秉性而言，我欣赏和叹羡这份浑然洒脱的宽松，远超出香榭丽舍那些名牌商店的华贵与凡尔赛宫的富丽。

不过，刚才说到"流行"，请容我再插个小感受。因为它使我想起了举世闻名的黄山等景区。而令它们著名的，不知哪年起又多了个"连心锁"（我在欧洲许多地方也见过这种景观），成千上万把式样各异、仿佛都是每个人自己铸出的小铜锁或大铁锁，把一个个美丽心愿锁定在万仞青峰上。其情可悯，其景却不知怎的，反令我有点触目惊心。"流行"若此，其中究竟有多少是情感的成分，多少是从众游戏的成分呢？这或许就是我从不想往那些铁链上再套把锁的原因吧。而若真想表达某种寄托，我也是宁愿拴上条更有点特色的链环，甚至是一根有个性的黄丝带。虽然它可能飘不了多久，但那淹没在"流行"里的小铜锁，实际上又能表明或真正有助于些什么呢？

超市与普通商场也并无本质差别。从商家角度说，都是为您供货，满足需求。从消费者角度看，则同属"温柔的陷阱"。为我服务是标，诱我钞票是本。而从"逛"，即没啥目的地闲溜达的角度，不知别人如何看，反正我总是偏爱超市的。商场在我眼中压根不是逛的地方。想要什么，直奔相关柜台，稍事挑选，买下便走。所以许多人尤其是女性有"逛"商场一说，常令我迷惑不解。也许我不适应商场那货多人杂、空气混浊的氛围？但那些超市人也不算少呀。恐怕还与商场的买卖关系太明显有关吧。记忆中，从前的营业员很多横眉冷对的印象，或许仍在潜意识中让我不寒而栗。而现在，有些商场却又矫枉过正了些。你刚对某一商品斜下眼睛，她那边立马黏了上来。微笑虽比横眉受用些，语言却又甜得我头皮发麻。你买吧，本无此意或不甚喜欢。不买吧，尤其是禁不住劝诱挑选一番后，更欠她什么似的，老大的不过意。这也罢了，有时你掉脸开溜，身后还追来一个大白眼。

超市较得我欢心的原因，恐怕就在于它"自选"的方式，最大限度淡化了买卖味。以至它真正"温柔"起来，使得你至少在某些瞬间忘了它也是个"陷阱"。职业化的笑脸，化为花花绿绿的货物之纯真的"微笑"。人与货的沟通是如此坦然而

便利。缤纷的包装如媚眼，撩得你心旌摇荡。繁复的香气似纤手，挠得你心眼儿痒痒。情不自禁便这个拿来瞅瞅，那个揽来嗅嗅。尽管腰包不安地呻吟，你也暂时把它们抛在了脑后。在如此自由而热诚的环境中，有时你简直还大有种元首在昂然巡阅的自得呢！普店之下，莫非吾物。予取予弃，一任己断。超市竟在无形中（尽管那么短暂而虚幻地）满足了我们某种深层而隐秘的欲望。恐怕它的发明者也始料不及吧！

也许你不尽首肯我的感受。但不管怎么说，你多少得承认，超市的发明者是聪明的。他以勇气和睿智创造了一种新的"钓鱼"形式。不仅又一次有力地启示，本应受制于内容的形式，有时会

多么神秘而有力地反作用于内容，还给人以全新的感受和仿佛是无限的信任感。而信任感，在这个有人称为"信任危机"的年头，又是多么难得而可爱！

　　现实地看的话，要说生活里最离不开的去处，超市必须得算一个。除了上学或上班，超市恐怕是你去的最多的地方了。尤其是各种大型的货品齐全的超市，大到家用电器，小到油盐酱醋，去一趟便可以搞定所有要买的东西，简直不能更方便。这也是如今网购已四通八达，仍有不少人爱上超市购物或转转的原因吧。巴黎的连锁超市像国内一样，占据着主流地位，但普通小超市也简直多如牛毛，每个街区都会有好几家。逛多了就会发现，其中的商品价格、品质还是有一些差异的。有时候同一件物品价格会差上好几毛钱。但巴黎的超市虽然大大小小林林总总，归齐了多半还是几家大公司及其旗下子品牌的天下。

——上面这个标识，应该是我们最熟悉的一个法国超市品牌了，"家乐福"，这个非常符合中国人喜好的翻译，让这家超市在中国的城市遍地开花。其实在欧洲其他国家也会常见这开在大街小巷里的"家乐福"。据说这个词在法语中的意思是"十字路口"，它的红蓝色标志也正是一个十字路口。结果它也真的在几乎全世界的十字路口遍地开花了。

当然，法国的知名超市可远不止家乐福，以下这十大品牌超市，如法国第二大跨国商业集团"欧尚"等。在我国也有分支——

# 墓地里的巴黎

不止是在巴黎，每作西方游，常有一种别样感触袭上心头。那就是西人的墓葬文化。

尤其是不少欧美城市，无论城内还是城外，天高云白之下，随处可见大小墓园杂陈于公园或民居之间。

需要说明的是，这可不是国内那种一去几十里，远远地躲在山洼洼或野地里的"杂陈"。他们的许多墓地就在闹市或住宅间，仿佛 A 小区与 B 小区，朝夕相伴，"亲密无间"。遛狗的，闲逛的，献花的，摇着轮椅晒太阳的，甚至有小情侣坐在墓园里谈恋爱，妈妈带着孩子们在墓园边的健身器械上玩耍，朋客们在墓碑旁喝着啤酒，嬉笑起哄。总之，人们自然而然地出出进进于墓园与家园之间，几乎让你分不清阴阳之隔，生死之别。

他们怎么就没有一点禁忌呢？他们怎么就不怕惹鬼上身呢？他们怎么就不会联想到那个让人毛骨悚然的终局之日呢？而与墓地一墙之隔的别墅、民宅，怎么还卖得出去呢？他们的心理特别强大吗？

未必。一种文化自有一种文化的特点，西人又多信奉宗教，这种活人与死人朝夕相伴、不离不弃的情状，究竟缘何而来，缘何存续，我不想深究。我只想说，我欣赏这份坦然的和谐，这份真正意义上的"人鬼情未了"。

不由得想起，每年清明我得赶回苏州去扫墓。墓园离城那个远，道路上的那份挤——倘若亲人的墓地就在我们家边上，想了就去看看，祭时就去上香，烦了累了苦了就去和"他们"倾诉一番，他们也随时知道我们活得怎么样，那该有多好呀！这样，我们对那个人生大限的恐惧，岂不也可以轻一些呢？更何况，

咱们的文化传统也是"视死如生"的。《淮南子》还说是："生如寄，死如归。"我们去上香、烧纸，原也是"祭如在"的，原也是祈求祖灵为我们佑庇、生福的，我们也住得近一些，"走动"得勤一些不好吗？

再录一句我在墓园里抄来的墓志铭吧。说的是："以前我跟你一样，以后你跟我一样。"

是呢！既然都一样，就祝愿生者与逝者，都永远吉祥吧。

说回巴黎来。关于墓地，巴黎有句话说的是："如果没有死在巴黎，最好也要埋在巴黎"——此可谓巴黎墓园的一大特色。从古到今，真有数不清的艺术家、作家、哲学家乃至王公贵胄，选择巴黎作为自己永远的归宿地。

因此巴黎的墓园很多。最有代表性的应该是拉雪兹神父公墓。

它是巴黎市内最大的墓园，面积118英亩，也是世界上最著名的墓地之一，位于巴黎的第20区。当然，巴黎先贤祠也很有名，但那更多的是纪念名人的。葬在拉雪兹神父公墓里的，则要"大众"得多。

但这里被葬的，也主要是在过去200年间为法国做出较大贡献的名人。它因此而成为巴黎一处特别的"景观"，每年都会吸引数十万来访者。

同时，拉雪兹神父公墓也是五场大战争的纪念地。

除了拉雪兹神父公墓，蒙马特公墓和蒙帕尔纳斯公墓也颇有名。这些墓园的引人入胜之处与其说是它们的环境、布局和建筑，还不如说是在这些墓园中安息的灵魂。长眠于此的，多为法国各界巨擘或者著名人士，他们的经历、他们的成就使墓园有了非同寻常的意义，

亦使谒者如潮。

因为拉雪兹神父公墓位于巴黎东部，故亦称"东部公墓"。这里曾是"太阳王"路易十四（1643 — 1715 年在位）的忏悔神父——耶稣会士拉雪兹的豪华别墅。拉雪兹深得路易十四的宠信，掌握宗教事务长达34年之久，这幢别墅就是路易十四赐给他的。到了1804 年，这里被改为公墓，人们便习惯地称之为拉雪兹神父公墓。

这里的名人墓大都十分简朴。如波兰著名音乐家"钢琴诗人"肖邦的墓就坐落在一个寂静的小坡上。

肖邦葬在巴黎，是因为1831 年他已在法国定居。后来，他结识了比自己大6岁的法国女作家乔治·桑。爱情一度给肖邦带来了无限的创作灵感，但1847 年，两人关系破裂了，肖邦因而心情忧郁，创作力衰退。仅仅两年后，即1849 年，

肖邦墓

欧仁·鲍狄埃墓

巴尔扎克墓

王尔德墓

年仅 39 岁的肖邦便因肺病在巴黎逝世。因而在肖邦墓低矮的墓碑上，有一个怀抱小提琴、沉浸在忧伤中的少女雕像。

此外，中国人特别熟悉的《国际歌》歌词的作者欧仁·鲍狄埃的墓也在拉雪兹公墓的 95 区。因为《国际歌》具有特别的启蒙和号召力吧，他的墓碑很特别，形状如一本打开的书。"书页"的左边刻着鲍狄埃的生卒年（1816 — 1887）。右边便是国际歌的歌词："英特纳雄耐尔，就一定要实现！"

在拉雪兹公墓安葬的名人还有很多。如法国经典喜剧作家莫里哀、法国著名小说家巴尔扎克、英国作家王尔德、美国舞蹈家邓肯、歌剧《卡门》的作曲者比才、法国当代著名作家马塞尔·普鲁

斯特、法国著名画家拉斐尔·桑西以及著名哲学家、经济学家、空想社会主义代表人物圣西门等。

需要说明的是，入葬拉雪兹公墓并无贵贱之分。这里也安葬了很多普罗大众。人们只要付得起钱，都可以在公墓中选择墓穴安葬。因而拉雪兹公墓里还葬有一些华人，祖籍以温州的、上海的为多。

拉雪兹公墓除了名人墓地吸引游客，它的围墙也是游客参观的必到之处。

1871年3月18日，巴黎工人武装建立了第一个无产阶级政权——巴黎公社。5月21日，为了保卫公社政权，巴黎公社的社员同凡尔赛政府军展开了浴血奋战。5月28日，147名公社战士在拉雪兹公墓的围墙下高呼着"公社万岁"的口号英勇就义，因而这里也被称为巴黎公社社员墙。它是拉雪兹公墓围墙的一小段，这堵墙高约2米，墙外就是居民住宅区，但是现在的墙上已经看不到当年枪林弹雨的痕迹。

# 社区里的巴黎

准确地说，这一节介绍的仅是我在巴黎的居所，及其所在社区的风貌。这个视角虽然很窄小，却也是最有市井气息的。而这种凡俗的"烟火味"，往往最能体现一个城市的性格与活力。同时，它也凝聚了我最多的感情色彩。毕竟，我的生命的一部分，虽然总体并不算多的晨昏朝夕和喜怒哀乐，是与她融合在一起的。

儿子小两口从在巴黎读研时起，到购房前，都是租房住在校外或单位附近的。他们先后换过几次租所。工作几年后，他们才在巴黎勒瓦鲁尔市政府边上，一座老房子的二楼买了套小公寓。这房

子 60 平方米，听上去很小，小两口住着其实蛮舒服了。因为法国没有建筑面积一说，购房面积都是实际使用面积。屋内有一间 20 多平方米的起居室。放上沙发、电视机及餐桌，感觉还是相当宽敞。国内来客时，还可放下沙发床，住两个人也无问题。另有一间卧室和偏室共约 20 平方米。我们老两口去巴黎时就住在小偏室里。其他如带电磁炉、冰箱的厨房和带洗衣机的马桶间和淋浴间（如前所述，法国住房这两者都是分开的），也一应俱全。

勒瓦鲁尔市属于巴黎，在 17 区附近。行政级别约相当于我国的一个县级市或大市的一个区。"我家"即在市政府边上一条大街上。这个市政府的气派和规模，

可没法和我们的区政府或县政府相比。仅仅是一幢带个小塔楼的两层建筑，和一个照样有无数鸽子翩飞的小广场。夜来许多临时售卖摊、棚和孩子们的游乐点开张时，人声、笑语、灯火闪烁，看着还挺热闹。而且，市政府的周围都是繁华的街道，楼房密布，店铺林立，离地铁站也很近。至于孩子们现在的家，附近就有地铁口，周边环境也较理想。

除了现在这个住处，小两口在巴黎租住过的地方，我们老两口也曾去住过。那儿面积相对小一些，却也是成套的，其中印象最深的一点是楼内的电梯。因为也是那种四五层高、巴黎满大街都是的有年头的老式多层住宅楼，其电梯都是几十年前见缝插针加装的，因而可谓迷你电梯。以今观之，则显得既小又落后，里面站两个人带一个拉杆箱就转不了身了。而且它

运行很慢，升降起来，仿佛吃不消似的吱吱嘎嘎好半天。

不过，我住过的另一个地方有些特别，我至今还会经常想起。虽然只住过一个月，但那是我最早在巴黎长住的地方。更重要的是，那条街名让我难忘，叫作"拉封丹大街"——是以法国历史上著名寓言诗人拉封丹的名字命名的。我少年时曾读过他的书，如今居然住到了"他的街"上，想来颇有几分意趣，惊喜也就油然而生了。

还有一处住得最长的租屋，小两口在此生活了五年。我对那儿也很有好感。因为位于市中心，景观好，出行也方便。每天我出门遛弯时，逛上两条小巷，几分钟后就到了塞纳河畔。平时在家里开窗向西望去，也看得见远处埃菲尔铁塔的上半截。日常生活尤为方便，周围开

着许多香气扑鼻的面包店、咖啡屋和花店、小超市。还有好几家中餐馆，其中我光顾得最多的一家叫"原味"。还有一家门面不大，名头却不小，叫个"老北京"。

而我最爱去的地方，是离这个住处不远的一处湖泊及其湿地，名为park湖区。从这儿也能看出，巴黎的环保意识委实值得点赞。虽然巴黎的人口密度肯定没有中国大，但对于这么个国际化大都市而言，土地应该也是寸土寸金。他们居然既不在这相当中心的地方开发房地产，也不建收费公园，任由那么些城中湿地"荒"着。

　　这个湖区不仅大，而且分外清幽宁静，富有野趣。杂花生树、绿水长流。不仅是健身者或情侣、老人们的最佳去处，也是各种小动物和水禽的天堂。湖边便道上每天有不少人在慢跑或快走。据说法国前总统萨科奇也常在这里跑步。

　　有一点让我百思不得其解的是，我在秋天看见树林下散落着无数大而光亮的板栗，却无人捡拾。我曾特地踩碎几枚栗果看，里面的果肉也和国内的板栗毫无二致。因为这是公共财产，或是一种不宜食用的品种才没人捡拾吗？我不得而知。

不知不觉，已近黄昏。抬眼望望窗外，红黄一派，绚丽烂漫——可这不是巴黎，而是我在南京的居所。因为时差，此时的巴黎，还是刚刚正午。细想想，我们赖以生存、刻画、交通、憧憬的这颗蓝色星球，真是奇妙而有趣。她每天都在绕着太阳飞旋，"坐地日行八万里，巡天遥看一千河"。而她的每个角落，每块石头，每个时辰，每个瞬间，都在演绎着形形色色、特性鲜明却大同小异的生命传奇。而当文明不发达的时候，我们对此几乎浑然不知。我们的视线囿于某一个点上，我们的眼界望不到彼此。许多人终其一生，"不知有汉，无论魏晋"，庸庸碌碌地了此一生。而有幸生于现代斯世者，有幸处于改革开放新时期的国人，实在是太

有福了。我们的人生因此而充实丰富了多少，我们的心灵因此而广阔深邃了多少啊！如我在国内和巴黎、法国的自驾游而言，不多年前，我何曾敢想象自己也会拥有私家车，并纵横万里，快意行走啊！

我漫想着，关上电脑，伸个懒腰，到菜市去买菜，准备晚炊。说来也怪，我这人一进富丽堂皇的大商场就呵欠连天，到哪儿却都爱上那儿的菜市去遛遛。东瞅瞅、西摸摸，优哉游哉，轻松而踏实。

民以食为天嘛，饱览那琳琅满目、五光十色的可餐之物，心里或许便得着不少愉快的暗示吧。何况，在这灰扑扑闹哄哄、竞争激烈的都市里，能看到这么多嫩生生、鲜灵灵、红黄绿白又富含

乡野气息的新鲜菜果，怎么着也是种感官的享受和精神的放松呀！

在国外亦然，我也最爱看当地的集市。

看多了，首先得出一个其实本是常识的结论，即国无论大小，人无分内外，都要吃喝，都爱口福。在这点上，可谓"环球同此凉热"，概莫能外。而比较一下法国和当今中国的集市，风格各有特色，但其果菜品种却大同小异。基本的无非是白菜、包菜、洋葱、萝卜、苹果、香蕉、葡萄、梨子之类，差异不大。只是总体而言，法国的集市上总少不了卖鲜花的摊点。而且比重不小，可谓比比皆是。

既如此，就容我以一组巴黎住家附近小集市的图片，了结这本远远只能算是浮光掠影、走马观花产物的小书吧——

2019 年 4 月 6 日—8 月 11 日初稿

2020 年 9 月 28 日改定